国际安徒生奖
·提名者丛书·
Hans Christian Andersen Award

1990 年·孙幼军
1992 年·金 波
2002 年·秦文君
2004 年·曹文轩
2006 年·张之路
2010 年·刘先平

U0140936

YANZHI TAIYANG

胭脂太阳

刘先平·著

接力出版社
Publishing House

刘先平

　　刘先平,"我国现代意义大自然文学的开拓者"。中国作家协会名誉委员,安徽省人民政府参事。1938 年生于安徽省肥东县。父母早逝,少年时当学徒。1961 年毕业于浙江大学中文系。教书 10 年,后调入文学刊物任编辑、主编,以及主持安徽省作家协会工作等。

　　1982 年,《云海探奇》获全国优秀儿童文学作品奖。1989 年,《山野寻趣》获新时期优秀儿童文学奖。1997 年,"刘先平大自然探险长篇"系列(五卷本)获全国"五个一工程"奖,同年,该书又获国家图书奖提名奖,并被推荐给联合国教科文组织。1999 年,《山野寻趣》(增删本)获第四届全国优秀儿童文学奖,2001 年,《黑叶猴王国探险记》获第五届全国优秀儿童文学奖。2003 年,"东方之子——刘先平大自然探险"系列(八卷本)获全国优秀儿童读物一等奖;同年,该书又获国家图书奖提名奖。2003 年,"刘先平大自然探险"系列(四卷本)获宋庆龄儿童文学奖。2009 年,《走进帕米尔高原——穿越柴达木盆地》获全国"五个一工程"奖。2010 年,"东

2006Margaret Mahy(New Zealand)

2010 David Almond (UK)

2008 Jürg Schubiger (Switzerland)

1956Eleanor Farieon(UK)

1958Astrid Lindgren(Sweden)

1960 Erich Kästner (Germany)

1962Meindert Dejong(USA)

1964René Guillot(France)

1966Tove Jansson(Finland)

icia

n(Australia)

nie M. G. Schmidt

nds)

nod Haugen(Norway)

zinia Hamilton(USA)

hio Mado(Japan)

Orlev(Israel)

herine Paterson(USA)

Maria Machado(Brazil)

1970Gianni Rodari(Italy)

1972Scott O'Dell(USA)

1974Maria Gripe(Sweden)

1976 Cecil Bødker (Denmark)

1978Paula Fox(USA)

1980Bohumil Riha(Czechoslovakia)

1982Lygia Bojunga Nunes(Brazil)

1984 Chris (Austria)

1988 Anne M. G. Schmidt (Netherlands)

1990Tormod Haugen(Norway)

1992Virginia Hamilton(USA)

1994Michio Mado(Japan)

1996Uri Orlev(Israel)

1998Katherine Paterson(USA)

2000Ana Maria Machado(Bra

2 Aidan Chambers(UK)

Martin Waddell(Ireland)

6Margaret Mahy(New

作者介绍

方之子——刘先平大自然探险"系列（八卷本）获第一届"中国科普作家协会优秀科普作品奖"。2010年，刘先平获三十二届国际安徒生奖提名奖。2011年，被列为2012年林格伦纪念文学奖候选人。

2010年，安徽省人民政府批准建立、并授牌"刘先平大自然文学工作室"。

目录

引领孩子走进大自然
——我的大自然文学

（自序）

大自然是养育人类的母亲，大自然是知识的源泉。

我想用大自然文学引领孩子们走进自然，感恩大自然，热爱生命，吸取知识，培养与大自然相处时应遵守的行为准则——生态道德。

一、对大自然的热爱，使我走向大自然文学创作

我被誉为中国当代大自然文学的开拓者。大自然文学是描写人与自然故事的文学。回想起来，促使我走向大自然文学创作的主要因素是：

我天生酷爱在大自然中探险。幼年时，父母早逝，使我走向自然去寻求一个孩子失却的爱：故乡巢湖边的苇荡、沙滩……千变万化的世界，给我幼小的心灵倾注了无限的爱。爱是种子，以后我常常去雪山冰川、江河湖海，寻找它生出的绿叶以及五光十色的幻想。

正是在崇山峻岭的漫游中，一次非常偶然的相会，我遇到了一支研究野生动物的科学考察队。他们对于自然的崇敬，对于生命的热爱，使我从此成了他们中的一员，几乎参加了他们所有的考察活动。是他们引领我以崭新的科学认识自然的伟大、敬畏自然，使我走出"大自然属于人类"的误区，走向"人类属于大自然"的境界；更使我在大自然中跋涉探索至今，大自然的一切已溶入了我的血液。

那是 20 世纪 70 年代的中期，我曾因为特殊的原因不再从事文学写作十多年之后。然而，几年来在野生动物世界探险的生活在心中翻涌，大自然在召唤，创作的冲动搅得我不安。

让我重新写作的动力，主要还是因为世界所面临的生态危机。人们

正在庆祝改造自然的胜利时，自然却用十倍的威力惩罚人类的愚蠢。每个人都生活在人与人、人与社会、人与自然的三维关系中。几千年来人类非常重视制定、树立调节人与人、人与社会关系的法律和道德，却忽视了调节人与自然关系的道德。法律也严重滞后。正是缺失了人类在与自然相处时应遵守的行为准则——生态道德；因而对自然无情攫取，任意破坏，以及无预测危害性的新科技的运用等，才造成了人类生存的危机。一切的文明都需要有法律和道德作为支柱。法律是强制执行的，而道德却是一个人的品质、修养、自觉。比较而言，树立生态道德比之于制定生态法律有其更为艰巨的一面，需要对公民的启蒙、终生的培养；需要文化的熏陶——这就是文学作品所能发挥的作用。但几千年来，文学多是描写人与人、人与自然的故事，却少有专注描写人与自然的故事。时代需要这样的文学。

在创作冲动中构思着未来作品时，一群群天真的孩子渴望知识的面孔总是浮现在眼前，当意识到这是我的十年教师生涯的影响时，就毫不犹豫地决定为他们写作。孩子是我们的未来和希望，特别是后工业化和城市化的发展、钢筋水泥的建筑已活生生切断了孩子们与大自然的血肉相连。而从世界教育史看来，以认识自然作为孩子们的启蒙一直是经典。这个经典在今天更有现实意义。

那是 1978 年的 5 月，考察队正在密林中一个叫"猴子街"的地方，追踪黄山短尾猴以揭开"野人"之谜。夜宿在一山民家的牛棚的阁楼上，牛尿、粪的骚臭熏人，跳蚤、黑虫成把抓。但大家却酣然而睡，太累了。清晨，我被欢快的鸟鸣声叫醒，第一个走出了牛棚，馨香的空气荡涤了整夜的污浊。朝霞给森林披上玫瑰红，一朵朵白云从山谷里升起，如雪莲浮在绿海中，瞬间汇成了澎湃的云海……猛然间，一股巨大的力量袭来，激得我热血沸腾，心灵却无比的明亮，创作的欲望如潮。几年来考察生活中的短尾猴、梅花鹿、黑麂、云豹、相思鸟……都在我眼前奔驰、飞翔。我要将大自然的神奇赋予文学的形象，引领孩子们认识自然的伟大，无穷的奥妙。这年的夏天，我开始了文学的大自然探险。

我决定重新开始写作，写孩子们在野生动物世界探险的故事——人与自然的故事。我觉得只有长篇小说才能展现大自然和探险生活的壮美。再则探险文学在儿童文学中占有重要的地位，数量大、佳作多；但多是童话，描写在野生动物世界探险的现实生活的小说很少见，因为小说的诸多特点增加了创作的难度，如作家首先要有在野生动物世界探险的生活，而这却正是我的优势，正是引领孩子兴趣盎然地认识自然的最好形式。开拓一个崭新的文学领域，就具有了特殊的价值。或许，这就是我的大自然文学，成了当今儿童文学一面美学旗帜的重要原因。

二、描写在野生动物世界探险的长篇小说和奇闻、奇遇

我的作品从体裁上说主要有两类：

描写在野生动物世界探险的长篇小说有四部：《云海探奇》写的是两个孩子跟随科学家考察"野人"的故事。《呦呦鹿鸣》写的是中学里自然保护小组的孩子，从猎人枪口下救出梅花鹿大花角的故事。《千鸟谷追踪》讲述的是三个爱鸟的孩子追踪相思鸟迁徙的故事。《大熊猫传奇》写的是小兄妹在雪山中救护一对熊猫母子的故事。它们都是孩子探索自然的故事。

作品通过主人公追踪、发现、观察珍贵野生动物的线索，将两者的故事相互辉映，交织在一起，也即是说在惊险跌宕的情节中，展开娓娓动听的人与自然的故事、孩子们成长的故事。而孩子在自然中能够有所发现、进步，那是运用了已有的知识，学到了更丰富的知识。需要说明的是，关于知识，应该是由孩子们在亲身经历大自然神奇中感悟到的，而绝不是作家生硬地加入的，否则就不是文学作品了。正是这样，这些作品被评论家认为是用文学性将趣味性和知识性融于一体，使读者享受阅读的愉快，显示出特殊的艺术风格。这也是它们全都获得国家奖的原因。其中已有三部长篇小说译成英文出版。

面对世界各国五彩缤纷的大自然文学以及数年来创作过程中的感受，特别是应邀参加了一些国际儿童文学会议之后，使我渴望创作具有中国特色的大自然文学、将中国丰富多彩的大自然介绍给世界的孩子。具有了民

族性才会具有世界性。大自然文学的文本应该具有多样性才能繁荣。

朝着这个目标努力的基础，必须用自己的双脚去认识大自然，亲身体验其特殊的风韵和底蕴。于是我把认识（考察）大自然看做第一重要，然后才是把考察、探险的奇闻、奇遇写出，以真实性的魅力，给读者一个真实的奇妙的自然世界。这比结构一个充满惊险离奇的故事困难得多，因为在探险中并非每天都会发生充满刺激的事件，或有新鲜的发现，更多的是只有自己才知道的长途跋涉的艰辛、难耐的孤寂。我给自己出了难题，但我喜欢挑战。

于是，我走向了中国各个生态关键区，以及有可能去的世界各地。水是生命的源泉，中国的水源在西部，从 20 世纪八九十年代开始，先是探索长江（6397 千米，世界第三长河）、黄河（5464 千米，世界第五长河）、澜沧江（4909 千米，世界第九长河）的源头，五上平均海拔 4500 米的青藏高原；穿行于横断山脉，有时带着马帮、帐篷露宿无人区。既然江河之源在雪山冰川，我又连续两年从南北两线横穿中国，从东至西直到万山之祖的帕米尔高原，行程数千公里。

自古以来人们对于双脚就有极高的赞誉——量天尺。正是在丈量大地中，我对自然的观察有了另一种视角、含义——实际上是融入自然，相互对话交流；探索的过程——通往沙漠深处的红柳、滂沱大雨中飞入胸膛的小鸟、青藏高原毁香跳崖的雄麝、寻找大树杜鹃王的神秘、雨林中伸出长鼻的大象、我们跟踪金丝猴反而被它们跟踪、进入箱式峡谷寻找黑叶猴王国、麋鹿苦苦寻找故乡的坚忍、黑麂对爱情的深深呼唤等——往往比结果更有意义。作品中描写的探索过程即是引领孩子一同去发现、认识，自有一种蕴藏在平常中的特殊魅力。

大自然探险奇闻、奇遇的作品受到了读者和评论家的赞誉，更被认为是创造了一种崭新的叙事方式——将小说的情节、散文的诗意与哲理、纪实文学的真实融于一体——这种新的文体更有利于展现大自然的魅力、探险生活的魅力、野生动植物世界的魅力、人与自然的哲理的魅力，从中可以听到人与自然的对话。满足了不同层次审美的需要。如其中"我的山野朋友系列"作品（每个山川河流、野生动植物都是我山野中的朋友），在短短的两年多中，已发行了三十多万册。这类作品的多数都获得了国家奖。已有五本被译成英文出版。

三、审美取向

文学作品的魅力来源于美的形象。我在塑造美的形象时，其审美取向主要是：

发挥探险小说的魅力，塑造孩子形象时，突出表现他们对自我价值——更强烈地表现为社会责任感和使命感——的认识，因而作品中铺展了很多孩子们处于危险境地面临的抉择、受到挫折时的彷徨……我将审美目光专注于此，是基于探险生活对孩子心灵影响的本质的判断。孩子们在探险生活中不断地感知到探索精神、勇敢顽强、责任感的重要与培养——体现自我价值的意义。

在塑造动物形象时，充分把握孩子们的审美需求，努力描绘野生动物最具生命光彩的细节，展现其形象美的魅力。如描写虎跃的瞬间，梅花鹿如箭出行的刹那……将那些稍纵即逝的美细腻地表现出来，如一首生命抒情的诗。但我更醉心于"交响曲"的描绘。生存是维护野生动物世界繁荣昌盛的根本法则，动物之间的生存竞争，往往是以激烈的搏斗、残酷的掠杀进行着，这时焕发出的生命光华无比耀目，灿烂辉煌，犹如雷霆万钧的生命交响曲。如作品中短尾猴争夺王位的决战、红嘴蓝鹊与毒蛇的搏斗、雄鹿争偶的掠杀……在生死悬于一线的搏斗中，双方都将生命中最具光辉的美表现无遗。以"抒情诗"与"交响曲"的相互辉映，多层次地塑造出鲜明多彩的形象。

在野生动物世界，最强大的动物也有致命的弱点，最弱小的动物也有生存发展的特殊本领……无穷的奥妙，不仅吸引了大批科学家献身于动物行为的研究，也展现了另一种美。我努力塑造这种美，竭力描写在弱肉强食的世界，攻战双方实力悬殊，但弱小者在战胜强大者时，所展现的生命智慧，就具有了非常震撼心灵的美。如几只小斑狗战胜了野猪，小兔击伤猎鹰，大熊猫为了保护孩子向独眼豹展开英勇攻击等就具有了特别强烈的感染力。

　　正是这些壮美的生命形象，才可能使孩子们领悟到对自然的感恩、崇敬，逐渐培养起生态道德，与自然和谐相处。

东·海有飞蟹

新月如钩，海上观月，另有一番情趣。夜深了，小早和他哥哥还赖在甲板上。直到远离了海岸，夜风骤紧，浪声如雷，他们才在海的摇晃中，沉沉睡去。

Donghai You Feixie

蟹会飞？会在海面飞行？

我询问过很多海洋生物学家，他们先是惊讶，后试图说明那是错觉。可那确实是有人亲眼所见。谜一般的未知更是引起我们长久的回忆，有欢乐、有迷惑……

无数的岛屿，明珠般镶嵌在大海上，串联成了我国著名的舟山群岛。几百座海岛涵养了丰富的海生动物，是天然的海上牧场。

我第一次去探访，八月从上海乘船。傍晚起航，在两岸高楼林立的黄浦江中徐徐前进。天地忽然开朗，惊涛陡起，黄浦汇入长江。两江相拥，激水飞浪。

船头对着低悬水面的落日，夕阳红艳如圆玉；海水炽燃，大河流彩，无数的金星在水面跳动；晚霞光照着长河，江水映着彩霞，一片迷幻……

自从上船后，一刻也不安稳的我的两个孩子，现在也立在甲板上凝视，只听小早喃喃地说：

"我们正在驶向童话世界！"

新月如钩，海上观月，另有一番情趣。夜深了，小早和他哥哥还赖在甲板上。直到远离了海岸，夜风骤紧，浪声如雷，他们才在海的摇晃中，沉沉睡去。

早晨，风浪渐平，已能见到远处的岛屿。

小早说："岛就是海里的山，对吧？"

哥哥小君毕竟大了四岁，神气地说："是露出海面的山。"

不久，船像是在小岛拦成的水道中穿行，两个孩子都急不可待地问：

"渔港在哪儿？在哪儿？"

我要他们自己去观察，去找出我们第一个目的地——沈家门。谁说对有奖，因为我已简单向他们介绍过这次旅行。

船刚拐过海岬，一排排、一列列的小船成群结队地出现在港口。船上晾着渔网。一股鱼腥味扑鼻而来。

"沈家门！"小早第一个宣布。

"舟山群岛的最大渔港！"小君较为沉稳。

妻从包中拿出奖品，每人一条游泳短裤。

"我们能到大海游泳？"

"当然！"

朋友已在码头等候。等到我们商量好了行程，却怎么也找不到孩子了。正在焦急之际，他们却从海堤下冒出来，举着贝壳炫耀着。

舟山渔场素来出产四大鱼种——大黄鱼、小黄鱼、带鱼、乌贼鱼。但鱼市上已很难见到大黄鱼了，主要是海水污染和滥捕的后果。但琳琅满目的鱼虾，还是使两个孩子欣喜若狂，缠着我的朋友问长问短，连这位祖居海岛的作家也招架不住。对于他说的只有虾子般大小的鲨鱼，两个孩子更是不依不饶，一个说鲨鱼长着尖利的长牙，一个说鲨鱼有十几米长，体重好几吨，这么一个小不点儿的鱼就是鲨鱼？成心糊弄人。直到看见了他们所说的大鲨鱼，比较一下两者的形象，才勉强同意那小鱼似乎也有资格叫鲨鱼，但一定要加个"小"字。

在沈家门的考察计划刚完，我们就登上了去普陀山的小船。船驶出港口没一会儿，就见对面白浪飞溅，银雪簇拥着一座小岛，岛上林木葱茏，蜃气缭绕。

"真像一朵小白花！"两个孩子欢腾雀跃，"普陀就是开放在海上的花。"

普陀山号称"海天佛国"，在这个南北长约八十八千米，东西宽约三点五千米，面积只有二十点五平方千米的小岛上，密布着无数的寺院。古人曾用"山当曲处皆藏寺，路欲穷时又遇僧"来描绘。

刚住下，小兄弟俩早已一溜烟儿扑向大海，他们对大海的喜爱，令人想到人类的本源。据说生命诞生于大海，人类的始祖是从海洋中逐渐走向陆地。生命在水中孕育，婴儿在水的包裹中成长。人类特别亲近大海。

只有九岁的小早，在海水中扑腾着，被海水呛得一把鼻涕一把泪的，可他却咂着嘴，像是品尝美味似的：

"哈！海水真咸，真苦！"

小君至今只会捏着鼻子、埋着头打扑通，随着海浪沉浮。

不一会儿，两人都趴到妈妈的肩上，三人搅成一团。我则在深水处，充当警戒标杆。

游累了，往沙滩上一躺，垫着灼热的细沙，晒着灿烂的阳光，听着海的涛声浪语……天悠悠，心空灵，人和大地、海洋已融为一体……是心灵的感应，还是大海的召唤？小早起身，躺到了海边，半边枕着沙滩，半边浸在海浪中。于是，他就随着海浪起伏，陶醉在大地的摇篮、海的晃动之中……

刘先平

晚上，在千步沙海滩散步，欣赏着海浪拥月，享受着海风的轻拂，朦胧中辽阔无比的大海轻轻波动，虽然谁也没有说话，但心里却涌动着大自然的启示、无尽的思绪。

小早突然碰了碰我的手："大海是活的，它呼吸，我睡在浪边听到的。"

"当然。一位研究微血管循环的医学专家，就曾用海浪来比喻微血管的流动，说明血液在微血管中是那样坚强有力。你感到海浪拍打时，什么时候最有力？来时和去时，有什么不一样？"

他沉默了一会儿，回忆当时的感受："好像是往回一抽时，最有力气！我好几次被它拽到海里……明天我再试试。"

"早早不简单了，学会了体验。那位医学专家正是这样说的，以此比喻微血管循环的特征，破译了人体的密码。"孩子对大自然的感悟，往往比成人更为灵敏。

沙滩尽头，巨崖笔立，迎着海浪声声的冲击，轰然雷鸣，水花飞溅。它如一位沉思的长者，屹然不动。借着月光，看到石上刻有"师石"两个大字。

小君很庄重地对它鞠躬，行礼。小早迟疑了一会儿，学着哥哥的模样，深深一鞠躬，还说了声："老师，你好！"

扛得住摔打，坚忍不拔，这不正是我们所需要的品质吗？

自此，我们每天下午都去千步沙享受海水、阳光的沐浴。

孩子们每天都有新的发现、新的欢乐。在岩礁上，采到了很多的海藻、海菜、贝类的淡菜——长长的黝黑的贝壳中深藏的美味，是他们每天在餐厅都要饱尝的。

海边的沙滩展示出无穷的魅力，海星的五角形状，海螺的嗡鸣声，都能引起无限的遐想。不久，他们又有了新的发现，一眨眼的工夫，沙滩上出现了一个个小洞，洞外是那小生命扒出的沙。它是谁？是大海的住客，还是岛上的居民？

很快有了结果，是一种小小的沙蟹。它们随着海浪而来，上岸后飞快地横着身子跑动，快得像是一个灰白色的光斑。还没看清它是怎样停下，只见沙滩上已有了小小的沙丘，它们已遁入了沙中。

小早捉蟹最起劲儿，他用手掏开沙，扒着扒着就不见了沙蟹的穴道；再扩大面积，蟹还是无影无踪，像是有意和他捉迷藏。接连的失败，使他动起了心眼。

这次，他小心翼翼地扒沙了，尽量保护蟹道不致被塌下的沙掩埋。终于，小蟹向他转起顶在头上的黑眼珠，似是无可奈何，又挺不服气。小早已伸手捉住它了，正在胜利的欢欣中，蟹夹却一下就钳住他的手指，一护疼，蟹已摔到河滩上。待醒过神来追赶时，它以神速的横行，随着波浪潜入大海。

兄弟俩共同努力，竟然捉到了三只小沙蟹。它们和在河沟里捉到的小溪蟹并没有多大的区别，除了个体较小，为适应沙滩的保护，颜色灰白之外，就是那尖利的爪子了。

我问他们怎么处置这三只小沙蟹。

放回大海！

小早在这方面特别有灵气，向妈妈要了一根蓝线，拴到蟹的第一个爪子上：

"明天再见！"

第二天，他们不再追逐沙蟹了，探索的魅力失去之后，又投身在海中游泳。但小早总是有点异样，常常停下，歪着头看海面的波浪。原以为是耳朵里灌了水，看来也不像，还真是在寻找那只拴了蓝线的朋友？孩子的心……

"真的，不吹牛！今天游水，突然有个亮影晃了我的眼。先没在意，又有两次，亮点很特殊。仔细看，你猜怎么着？我看到一个小鱼在海面上飞。不，不是小鱼，是只蟹。脚踩在水上，在浪上飞。快极了，就像电视上看到的气垫船。奇怪极了，还以为是昨天的小

刘先平

沙蟹来找我，它特别，好难找。不想找，它又在耀眼……"

没有一小会儿工夫，他又喊起来：

"爸爸，快来看！"惊喜得变了腔的呼声。

连妻子也忙不迭地跑去。他只顾往沙滩上跑，我们在后面紧追。

小早双手捧着，生怕那宝物突然逃走，只是露出一点小缝：

"看到了吧？看到了吧？蟹，飞蟹！"

好漂亮的一只蟹！比捉到的沙蟹大。背上的斑纹，云般流畅、明亮，底色如淡淡的晚霞，豹纹，如云豹的花纹。两旁八只的爪尖变成了如桨片（似是舢板桨）的圆形，斑纹也如背甲。它乖乖地爬在小早的手掌中，宛如一块晶莹的玉石。

这块晶莹的玉吸引了很多的游人围观。

飞蟹？

这样珍贵的发现，使我们早早地离开了沙滩。到了住处，赶快用面盆装了水。就要将蟹放进去的刹那，小君一把拉住弟弟的手："这是淡水！"一句话提醒了我们。

小君得意地提来了放在走廊的塑料袋："这是海水。"

海水映出它的各种光彩，我们看不够它带给我们一家以至很多游客的欢乐，那是难以说尽的。

那四对如舢板桨片的爪，使它游水时速度很快，然而，总也见不到它在水面上飞行的雄姿。我们也没有勇气去冒险，将它放到海面上试试，一睹它在波峰浪尖上飞行的风采。

我叫它豹纹蟹，小早叫它飞蟹。是他发现的，他有命名权。我们只好都叫它飞蟹。

到吃晚饭时，小早还蹲在盆边不愿离去："它为什么不飞呢？"

"它四对足爪像桨片，应该能……你还记得电视片《动物世界》片头上，那个用足踩在水面上，行动时如在水面滑行的昆虫吗？我们家乡就有，叫它'剃头匠'。"

"或许是面盆太小了，它飞不起来。"我安慰他。

"没有浪，海浪。真的，我看得清清楚楚，它在浪尖上飞，从这个浪尖，一下就飞到那个浪尖上，像艘飞艇。不吹牛，真是的。"

"我相信你看得很准确。"

明天我们就要离开普陀了。小君说，一定要带回去，先给小朋友欣赏，再送给学校标本室。我们讨论怎样才能把它带走，既安全又可靠。装多少海水？用茶杯还是塑料袋？它怕不怕热？要不要太阳晒……小早一言不发，心事重重。

我以为因为它在面盆中没有表演飞行特技，伤了发现者的自尊心，想着法儿安慰他。他听着，但神情很茫然，似乎还沉浸在海浪飞溅的沙滩。后来，他像是恍然大悟似的，高兴地一拍手，嚷着："瞌睡来了！"就回到他的房间。

要赶船，我们早早起身，忙着整理行李、退房间。可小早还赖在床上，直到把他拉起来，他还在揉着惺忪的眼睛，迷迷糊糊。

"爸爸，快来！"小君急叫。

"怎么了？"

"你快来看！"

装蟹的面盆中，空空如也。飞蟹不见了，连海水也没有了。我和妻都很愕然。小君急得乱窜，说肯定是被野物吃掉了，又说是被人偷走了。因为野兽不会连养蟹的海水也喝掉！

真是越急越添乱。

小君问小早，小早却仍然揉着眼，似醒非醒。我也急得四处去找。小早很反常，仍是坐在那里不动！

我向妻示意问问他。妻刚到他面前，他却一下蹿上来，抱住妈妈脖子，小嘴对着她的耳朵说：

"它可能是跑回大海了。"

刘先平

007·

"为什么？"

"大海是它家，没有了汹涌的海浪，它就不会飞了。"

难道是他把蟹放回了大海？不太可能。住地离海边至少有两里多路。我习惯在午夜才睡，睡前还过去看过他们是否踢开了蚊帐。漆黑的深夜中要走那么长的距离，这对九岁的孩子来说，是不可能的。但他今天的反常，那几乎是藏不住的得意，又使我……

儿子，我猜不透你……

Donghai You Feixie

我们在刘先平的作品之中读到那种触目可及和铺天盖地的"万物"之写，作家的眼睛和性情可谓处处感兴味，每每有见识，天地之品，百科尽收——我认为这对于少年儿童读物来说也就是非常非常重要的东西，不但是多识于鸟兽虫鱼和山川草木，而且是引领一颗世界之心。我们很大程度上已经失落了这一个"世界"。

——班马 著名儿童文学作家

魔·鹿

发现的喜悦，辛劳的甜果，使我们一群探险者欢呼雀跃，感叹大自然竟有如此神奇的造化。

Molu

很难想象，魔与鹿竟然浑为一体——充满魅力的新的生命。然而，我们确实是在寻觅，就在它生活的这片热带雨林——充满诗意和危险——中追逐。

离开营地时，晨曦已漫过中天，疏星仍在天陲闪烁。一踏入森林，却如跌回梦中，宇宙陡然缩小，诡谲、变形景物编织成恐怖厚茧。

攀登尖峰岭，唯有沿溪一条小路。灌木、野葵热情好客，藤蔓、荆棘却拖衣拽腿。极珍贵的花梨、母生、青梅、坡垒会挤在三四平方米内猛窜，挺拔成参天大树。高空是附生在树干上的热带兰花，地面树根上也是繁花似锦。然而，繁荣中却藏着巨蟒、毒蛇、驴蜂、山蚂蝗的阴险。这种看似不和谐的对立，焕发出热带雨林的奇异光彩……

等到全身都被打湿，我们也到达峰顶。啊，半轮旭日刚探出海面。在对面山岭上，在万千金线霞光的背景上，一只巨鹿正举蹄昂头，跃出林海，似欲驾霞而去。

刘先平

"是它，就是它，金鹿！"

是的，朝阳衬得它金灿灿，毫芒四射。

"魔鹿！魔鹿！"

"多美的茸角！"

发现的喜悦，辛劳的甜果，使我们一群探险者欢呼雀跃，感叹大自然竟有如此神奇的造化。

随着海上日出光彩的变化，那魔鹿一忽儿显出哲人的凝神沉思，一忽儿又激越豪放，引颈长鸣；或摇角、或奋鬃、或顾盼……神韵百般，姿态万千！

我们哪里还管可怕的蚂蚁窝、横卧的大蟒、挡路的有毒藤蔓，一溜小跑向魔鹿屹立的山峰奔去。

谁也没顾得清除吸血的旱蚂蝗、啃肉的黄蚂蚁，就连忙抓住魔鹿的腿，生怕它一炸尾花，箭出而去。

这是一株奇特而又神化的高山榕树，三根巨大的气根，支撑着它粗壮的树身。是的，那倾斜向上的树身构成了鹿的躯干，后面的气根其上如板块，整根如鹿后肢，前面两支气根犹如腾空的前蹄。妙在树身端部如颈细长，三丫横枝分向如角。

它是榕树气根的杰作！气根和板根，是热带雨林的特征。气根粗可环抱，板根上铺顶可做屋。

为何树干是被气根撑在空中？难道它的种子和苗，也能如直升机或翠鸟一样悬浮在空中，然后扎下根来，再去生长？

在它身下，是一棵已枯死、腐朽的青梅。不难看出，当年它曾是一株挺拔英俊、生气勃勃的大树。由于它是热带珍贵树种，材质优良，备受人们的保护。可是，它的生命之花是怎样凋萎的呢？

不知是哪一天，一只小鸟站在它的可爱的枝头歌唱。临飞离时，在树上留下了一撮鸟粪。

　　等到全身都被打湿，我们也到达峰顶。啊，半轮旭日刚探出海面。在对面山岭上，在万千金线霞光的背景上，一只巨鹿正举蹄昂头，跃出林海，似欲驾霞而去。

鸟粪中有一颗种子。种子在雨中苏醒，在青梅树上发芽，生根，抽叶。

雨季到了。狂暴的雨，唤醒了热带森林，注入了充沛的生命之泉，奏起了狂热的生命之歌。

森林喧嚣了，树木呼啸着生长。

小鸟带来的种子已抽叶。伸出的气根、板根迅速地沿着青梅树干往下长，疯狂地吸取养料和水分，疯狂地用发育起的根严实地包裹青梅。对青梅的抗议、痛苦毫不怜悯，直至把它捆紧绑牢，收缩绞索，使它得不到阳光，得不到水分……

青梅死去了。鸟儿留下的那颗种子，长成了粗壮的高山榕。高山榕夺取了青梅占据的土地、空间、阳光、水分，就这样一个生命扼死了另一个生命。

高山榕的木材低劣，青梅树的价值高昂。人们对高山榕咬牙切齿，称之为"残酷的绞杀手"！

鹿是善良的美丽的化身。

被人们喜爱、叹为观止的鹿树——高山榕却是残忍、丑恶如魔鬼一般。高山榕如何能将善和美与恶和丑如此地集为一身？

——这是人类的认识？

如果允许高山榕申辩呢？它不是也应该有生存的权利？它不去争夺一块宝贵的热带土地，又何处立身？

我们的心情都很沉重，就像发现了那么艳丽妖冶的花，原来是有毒的罂粟。

可是，大自然就是如此。

远远离去后，仍是满腹懊丧。

要下山了，忍不住回头再看一眼：

云花如莲，从林间、山谷飘起，在森林绿冠上空汇成云流。啊！那只俊鹿正在云际间奔突，它昂扬，它奋发，那刚与柔凝成的美，

刘先平

洋溢的神韵，似是在艳阳下、在天宇中歌唱！

是的，魔一般的鹿树，魔一般的美！

美是有距离的！

"我愿意保持这种距离，为了欣赏美！"

是谁？这样地宣言！

探索人与自然的主题，揭示动物世界的奥秘，在儿童文学领域，在审美视角、审美意识上进入一个新的层次。

——束沛德　著名儿童文学评论家

胭·脂太阳

弥天的雾色，开始变化，灰暗在渐渐褪去，乳白开始晕染，漫天溢起乳浆。

Yanzhi Taiyang

月亮只是一圈淡淡的光晕，飘浮在蒙蒙的天边。

山，隐没了，只有滴滴答答、噼啪作响的水滴声，暗示着森林的存在。

雾，弥天大雾，均匀地、无声无息地将天地混为一体，像是浩荡混沌的大海。

没有一丝风，西双版纳是著名的静风区。你不知道自己在哪里，被无形的又似有形的雾包裹着。不，你又是自由的，似乎是在飘荡，在宇宙中行走。

像是在大地母亲的怀抱，温习着甜蜜的梦。用不着想，用不着任何的行动，只需要静静地躺在母亲温暖的胸膛。

"茶花两朵！"

浩深的雾中，传来了原鸡特殊的啼鸣。善歌善舞的傣族老乡，因为原鸡的叫声酷似在赞美茶花，又称之为"茶花鸡"。云南是茶花王国。热带雨林中正盛开着艳丽的茶花、火红的木棉、千姿百态的兰花。

刘先平

"茶花两朵!"

又是一声,它应该是嘹亮的唤醒黎明的号角,但浓雾却使它失去了阳刚,变幻为柔软的飘忽,像是在轻轻地召唤。

原鸡是鸡的老祖宗,至今还留在热带森林的大树上。我国只有云南、广西、海南岛有它们的踪迹,个体比现在的家禽鸡小,但它保留了鸡的原始习性,显示其珍贵。前天,在来西双版纳的路上,我还见到一只母鸡,领着六七位儿女,迈着矜持的步伐,从容不迫地穿过公路,向左边的树丛走去。

"喔喔喔!"

终于,传来了令人振奋的雄鸡鸣唱,歌声洪亮,悠扬!

"喔喔喔!喔喔喔!"

"茶花两条!"

寨子里的雄鸡,以极大的热情,响应了原鸡和雄鸡的呼唤。雄鸡们兴高采烈的歌唱,似是扯开了厚重的雾幕,播洒着欢乐,唤醒了生命的活力。

浓浓的雾中,顿时有了小鹿走动的声音,松鼠在枝头弹落水滴,鸟的鸣叫,大象吸水的豪饮,大蟒游动、压伏草丛的窸窣声……

弥天的雾色,开始变化,灰暗在渐渐退去,乳白开始展染,漫天溢起乳浆。

我们在森林中慢慢地走着。榕树展叶的哑哑声,竹笋拔节的咔嚓声,青藤伸枝的扭转声,昆虫的鸣叫……组成了一曲动听的生命的交响乐……

热带雨林的雾,是种标志,是绿色的符号。在墨江时,一位林学家痛心地说,森林被砍伐了,墨江已没有了每天的大雾。雾滋润着森林,滋润着热带的土地,是高能量的生态不可缺少的组成部分。

终于,一团胭脂从东方雾中出现——那是太阳,那样柔美,那样娇艳。它一出来,就已在高空。时间已是九点钟。

好一轮水灵灵的胭脂太阳!

胭脂太阳用它的水艳，将望天树、番荔枝、鸡毛松、柚木、龙脑香树显现出来了……浩瀚的热带雨林显现出来了。

突然，天空出现了无数的黑点，像是庞大的鸟群……不，像是漫天飞舞的蝴蝶。我们都被这奇异的景象吸引，期待着奇迹的出现。

科学家告诉我们，西双版纳这一片地方是静风区。开始时我们并不太相信，怎么可能是长年累月没有风呢？然而，我们来的这两天，确实没有感到风的拂动。

我们的脖子望酸了，那些黑点依然浮在天空的淡雾中，飘飘忽忽，忽忽飘飘……

热带植物研究所的老张，不知我们在呆看什么。我指了指那些漫天飘荡的黑影：

"是飞鸟，还是蝴蝶？"

"不，不！那是灰烬。昨天晚上你们来报告，说是西边山上的森林失火了。那不是火警，是烧山——将大片的热带雨林烧掉，种庄稼。每年都有这样的事发生，我们呼吁了多少次，情况有好转，但并没有杜绝。他们并不知道烧掉的是批极珍贵的财富。一个物种被烧掉了，一座金山也无法将它恢复！"

我们的心一下跌落到谷底……

但仍然不愿相信那是真的……

终于看清了，那些黑点正是树叶的灰烬！一幅无比壮美的热带雨林晨画，被泼了无数的墨汁！

刘先平

海·雕行猎

这是力和速度的颂歌！一切都发生在瞬间，令人眼花缭乱。海雕抓住了稍纵即逝的机缘，因而得到了成功。

Haidiao Xinglie

　　有一次在电视屏幕上，看到海雕从海中抓起大鱼，我真以为是摄影师那天也在海边共同观察了海雕猎获的场面，连它爪下的鱼也有那样红艳艳的鳞片，只是结局迥异。当然，那是《动物世界》的片头。后来看这个镜头的遍数越多，反而越加感到我记忆中的场景更美、更生动，呼之欲出。

　　那是一九八三年一月二十五日，早晨出发时红日初露，到达陵水时，路边翠绿肥厚的蕉叶，累累垂挂的香蕉，诱得我们入园小憩。主人送来一大串香蕉，说是陵水的香蕉在海南数第一，一定要我这位北方来的客人尝尝。果然，蕉大肉厚，尤其是香味独特，久久留于唇舌间。

　　原计划先到新村港，参观闻名遐迩的珍珠养殖场。海边养殖的是马氏珍珠贝和白蝶珍珠贝。这两种贝出产珍贵的海珠，曾不止一次地养育出了"珍珠王"。其中有颗直径达十五点五毫米，珠层厚零点六毫米，实属稀世珍宝。

当我们到达海陵珍珠养殖场门口时，向导却改变初衷，要我们赶紧去海湾渡口，说是马上就要变天了。天空正是晴朗如洗，而海珠的色彩又那样诱人，但向导说再不抓紧时间，就别想去南湾猴岛了。考察南湾猕猴种群退化的原因是这次考察的目的。

各色渔船挤满了平静的新村港，对面如臂伸出的就是南湾半岛。大约是两膀不够长，仍未能环抱住一汪蓝宝石般的大海，留下了一个大缺口，这就是不过百米多宽的海峡。我心里正埋怨向导，却见他风风火火地召来渡船，并示意我向外海看去，果然海浪变色了，一条如墨的水线正如云影掠地般飞来。阳光依然灿烂，真是天有不测风云。

刚坐上船，浪已掀翻了平静的海面。船尾的两人裤子已被打湿。都是赶渡的乘客，船小人多，浪峰上下一颠，不惯风浪的已吓得面色如土……就在这时，我感觉到有个影子在眼前晃了一下，抬眼向海湾看去：

啊！巨大的翅膀，流线型的羽齿，飘动的羽毛，黄褐色的闪光，盯视海面的贼亮眼睛，如钩的尖嘴——海雕。一只巨大的海雕正从蓝天俯冲而来。它收翅了，射向海面，接着伸出利爪，一头扎下。

即将胜利尚未成功的片刻，是猎人最为激动不已的时候。

只见水花四溅的刹那，它已升起，双爪正紧紧抓住一条红鱼，鱼肚皮金黄耀眼。

这是力和速度的颂歌！一切都发生在瞬间，令人眼花缭乱。海雕抓住了稍纵即逝的机缘，因而得到了成功。

那条红鱼，刚才一定是在愉快地游戏，要不就是沉溺在猎食的喜悦中，或者正酣然大睡（科学家已证明，鱼也需睡眠）……它定然是被突发的袭击闹蒙了，否则怎么会如此愣头愣脑？抑或是已受到致命的一击？那鱼总有六七千克重，是横着身子被抓住的，连尾巴也不甩一下，只是张着嘴。

以体重说，海雕绝对没有红鱼重，可是，它为何能抓起红鱼飞行？能源在哪里？是那双巨大的翅膀，闪电般的速度？

海雕鼓动双翅，得意扬扬地向我们睥睨一眼，又扭头向猎物瞧瞧，显然醉心于猎获的胜利。然后它升高，斜飞，往东奔向岸边的山岩……

一浪打来，渡船倾侧，惊叫声四起。向导大声呵斥不要乱动，又指挥向外舀水。我却只管注视着天空。突然，红鱼猛一摇头，狠一甩尾，拼命一挣。就在海雕惊得一哆嗦时，红鱼已得解脱，一低头，冲向大海，留下一条红线，没有一朵水花，就消失得无影无踪。

多聪明、多沉着的红鱼！

谁也没想到的结局！

海雕骤然一颤，是痛苦，是懊丧？

最大的懊丧，莫过于片刻之间的得而复失！

钓鱼爱好者都知道，当一条大鱼上钩时，那坠手的分量，鱼在水中有力的摆动，鱼线和鱼竿的颤悠，是如何激动人心！垂钓者猎取的不是鱼，是要寻找和获得令人心花怒放的这一瞬间。已出水的大鱼，却在甩竿时脱钩，心灵从喜悦的峰巅猛然跌入失望的深渊。那是何等揪心的沮丧！

海雕却高傲地飞翔，在无垠的蓝天、万里雄风中矜持地盘旋，俯视着波涛飞涌的海域。

但我知道，它受伤了，肯定是受伤了。海雕两爪如钩，角质爪尖锋利无比。捕获山羊、麂、鹿、兔时，就是靠这双钢铁般的爪子，把猎物钳住、钩起，才会万无一失；然后又是用爪为刀划开猎物的肌肉。那红鱼骤然的拼挣，竟然逃脱厄运，只有扯坏海雕的铁爪才有可能。海雕的哆嗦，是疼痛大于吃惊，是重伤，是足以终身致残的重伤。

渡船已到彼岸，在葱茏的林下挽缆。乘客多在庆幸脱离危险，唏嘘不已。我推开正在抖水整衣的人群，急忙向突兀的石岩跑去。

啊！那海雕还在顽强地飞行，在空中巡视海面，搜索猎物的踪迹。

但我知道，它几乎是徒劳。海南岛沿岸盛产红鱼，即赤鳞鱼，尤其在几大海湾中。新村南湾是其中之一，俗称半水半鱼。它生长速度快，渔民说，从卵壳中游入大海后，只一年时间，红鱼就能长到三四千克重。我在著名的渔港白马井，曾见那珊瑚石砌的小楼前后、椰子树下、合欢树上晒满了腌制的红鱼，连多刺的仙人掌上、刺竹上，也晒着鱼干；那真是满目红鱼。我随渔船下海垂钓，只半天就有百多斤的收获。渔民说，夜晚月光下的海面更为奇异，红鱼浮在水的上层，你可见到它们成群结队地游荡。

现在是光天化日之下，红鱼早潜入水下。刚才那条大鱼，可能是大风来临前浮到上层。尽管海雕有双能变焦的眼睛，使它在高空洞察地面、水上的毫末，但要在波浪翻滚的海里找到鱼的踪影，也不容易，何况它还受了伤。我怀疑即使有条大鱼在海里仰游，它受伤的爪是否还能将它抓起？

狂风中海雕的翱翔显得更为悠闲，还是那样潇洒自如地侧飞，迂回，盘上盘下，一圈又一圈。

是饥饿的驱使？海雕虽然食量大，但它是著名的耐饥汉，别说三两天不进食，就是几天点食不进，它也照样在蓝天盘旋！

心高气傲的家伙！

向导等得焦躁，几次要跺脚而去。我却装聋作哑，只是注视着海雕，欣赏它飘逸的美姿，思绪绵绵。突然，几乎是难以察觉的一顿，海雕侧翅，来了个小回旋，迅疾俯冲，掠过海面。

啊！又是一条红鱼！海雕终于又抓住了那条红鱼。我相信就是不久前逃逸的那条！虽然那是绝对不可能的。

刘先平

那抓鱼的爪显得艰难，似是微微地颤抖，但海雕还是抓住了猎物，载着它急速地往海岸边飞去，动作异常简练。

从枝叶的缝隙中，我看到大鱼在空中翻滚下落。不久，风送来砰然一声，是那条大鱼摔在岩石上的声音！

我一口气挣脱灌木藤棘的攀扯，跑到山坡上。海雕正缓缓降落在兀临太平洋的陡峭高耸的岩崖上。

狂暴的海风，数次挫败了海雕的努力，它总是不能准确地降落在红鱼旁……是它受伤的脚趾，无法承担缓冲制动？最后，它无可奈何地收了翅。

它停在那里。看着红鱼，是思索，还是休息？

风又送来几声微弱的声响。像是无形的命令，海雕笨拙又艰难地向鱼走去，风将它吹得歪歪倒倒，以至于不时费力地扇翅。不，它像个老态龙钟的妇人用脚后跟走路——脚趾受伤了，每一步都要忍受着钻心的痛苦。

它没有气馁，趔趔趄趄地走完了短短（又是那样漫长）的距离，用嘴钩住了鱼……

似是有只小脑袋，在岩缝中晃了晃。海雕回过头去，对那边投以温柔的一瞥……风又带来几声尖厉，但却稚嫩的声音。

——那边是雕巢？那小脑袋是雏雕，正待哺嗷嗷？

咭里咕，咭里咕
——童年片段

冬天，湖水退下去了，褐色的湖滩裸露了出来，成了一群群大雁的居留地

Jiligu Jiligu Tongnian Pianduan

我的童年，应到巢湖故乡的沙滩、草滩、苇丛中去寻找。

故乡是巢湖北岸长临河西的一个小村。名字很上口：西边湖。大门一开，映入眼帘的是浩渺的水天，悬在姥山宝塔上的白云，浮沉在水中的孤山，列阵的山影，斜穿蓝天的白鹭。

乡亲们多以兴种菜园，兼之打鱼捕虾为生。旧社会的苦难，父亲的早逝，连年的水灾，使我的童年生活充满了不幸。然而，故乡哺育了我，在那里，还有着另一片的世界，给我欢乐，引我思索——

在我幼小的心灵中，一直以为夏天是南风吹来的。它卷着堆雪般的浪涛，日日夜夜轰鸣着。还未走到湖边，飞溅的水花已像细雨洒来，凉爽惬意极了。

这波峰浪谷也是我们嬉戏的运动场。敢于跳浪，是会引得同伴伸出大拇指的。当山岳般的浪压来时，纵身跳起，探身浪峰上，再稳稳落到波谷，那是一种多么冒险而又舒心的事！说是冒险，一点儿也不夸张，因为从波谷落下时，要稳稳实实，只要脚一歪趔，细

刘先平

沙一抽，就要跌入水中，被大浪淘走！然而，凡是玩过跳浪的孩子，都不怕晕船，都敢于在激风狂浪时驾着一叶小舟出湖！

细软的金色沙滩，简直是我们一群孩子的魔毯。不仅夜间可以提着马灯，在那上面寻找甲鱼上岸的足迹，从沙堆中捉住它们；还可以施展一切幼稚的想象，用沙砌起城堡、楼台亭阁，开掘河流、布防攻战。等到一个大浪抹平了一切，人也累了，随身一歪就躺到沙滩上，看着白云在湛蓝的天空悠悠飘动，任凭浪波轻轻地拍打……我感到了母亲的抚爱，听到了外祖母推着摇篮的低吟……

我对于建筑和雕塑的最原始印象，大约就是从沙滩上得来的！它也给了我最初的创造的愉快！

冬天，湖水退下去了，褐色的湖滩裸露了出来，成了一群群大雁的居留地。翌年，经过几场软软的风、细细的雨，蓼叶吐红，柳条发青，芦笋冒尖了，平展展的湖滩铺了层茵茵绿草。永远是那样悠然自得的放牛伢子，骑着牛来了；扎着红头绳的小丫头，举着竹竿把鹅群赶来了……湖滩成了别具情调的牧场，也成了我们这帮孩子的乐园！捉蟋蟀，挖茅根（又嫩又甜），拔茅翎，闯关，打仗……

最有诱惑力的，是找吊鹃鸟（云雀）的窝。吊鹃一边婉转地叫着，一边打着旋旋往天上飞。这时，我们总是拍着小手，和着它的韵律，唱了起来：

> 咭里咕，咭里咕，
> 我在烟囱理个窝，
> 大姐烧火燎了我。
> 咭里咕，咭里咕，
> 我在芦柴缝理个窝，
> 只怕大风刮翻窝。
> 咭里咕，咭里咕，
> 我在树洞理个窝，

又被蛤蟆占了窝。

咕里咕，咕里咕，

只好在草窠里个窝，

担心害怕放牛哥。

咕里咕，咕里咕，

……

　　一双双小眼瞪得像田螺，紧紧追着那飞旋的鸟儿。等到它只是个小小的黑点时，脖子酸得难受，眼涩得撑不住，一个恍惚，那黑点消失了。唯有袅袅的鸣声，在湛蓝湛蓝的天空，犹如轻梦一般。

　　不久，那银铃般的乐曲像是融入了九霄，只有风拂过湖面的低语。但蓝天白云中却骤然掉下一个黑点，越来越大——啊！是那美丽的小鸟。唱累了，还是那悠悠的白云散了？眼看它就要砸到地下……就在我们为它的命运急得心都要蹦出来时，它却一下张开翅膀，掠过柳梢、芦尖，贴着低低的青草，消失在绿茵中了……我们像是被湖滩弹了起来，立即向它落处跑去。哪里还有吊鹠？难道它有上天入地的本领，钻进了土里？或者，它仍然留在冥冥的天际，而落下的只是它的影子……

　　这个美丽、神出鬼没的精灵，不知引动了我多少的情思！直到四十来岁了，一位在内蒙古草原上捕鸟的人，才解开了盘旋在我脑海中几十年的谜。他说：找吊鹠窝，应是"看起不看落"。即是它起飞处的附近，正是巢区；而降落时，它却要做出种种假象，迷惑心怀叵测者……

　　这或许就是引起我观察鸟类的起始吧？

　　当椿树已经打伞，只要是闷热的夜晚，我总是死乞白赖要跟随隔壁的大爷去"罩生"。

　　浅浅的湖滩，是鱼儿的产卵场。当夜幕垂落时，在浅滩的粼粼

刘先平

波光中，这里那里不断地响起了哗哧扑哧声。鱼群来了——鲫鱼一路噼里啪啦撒欢；鲤鱼要深沉得多，冷不丁儿才打个响响的水花；最有趣的是鲇胡子，别看它平时张着大嘴专吃小鱼，又滑得无比，这时却乖巧，温顺极了：翻转身子，将蛋青色的肚皮浮在水上，歪歪晃晃，简直像个鸭蛋踩水。我帮大爷提着马灯，他提着篾罩，在刚刚淹没脚面的水里追着鱼群。有时一罩能罩住四五条鲇胡子。

有一晚，天太黑了，还飘着细雨。大爷不想带我去，说了很多"鬼打墙"的故事，以及他能想得起来，编得出来的关于湖滩的种种恐怖……我犹豫了，畏葸了。

当他第二天早上，用绳子拖回了一条二十多斤的大青鱼，述说如何和它搏斗了几小时，追了几里路被它撞倒两次，终于罩住它时，我懊悔极了——没有亲眼看到那紧张的一幕。直到现在，我也没能再有机会看到那个壮观的场面，只得作为永远的向往和懊悔留在心里。

这片充满生机、熙熙攘攘的湖边世界，给我幼小心灵倾注了无限深厚的爱。爱是种子。以后，我常常去崇山峻岭、大漠戈壁、雪峰冰川、江河湖海，寻找它生出的绿叶、开出的紫色小花、飞出的鸟群、起航的白帆以及五光十色的幻想。

这或许也是我在写作时，为何笔端常常眷念着故乡，寻找着童稚……

黑·蜂旋起蘑菇云

我在山野里，曾见过挂在高树上有稻箩大的牛蜂窝，外面涂满了黄褐色的泥草，大牛蜂成群进进出出，很远就能听到嗡嗡声，真是触目惊心！

Heifeng Xuanqi Moguyun

　　我们在南疆寻找白头叶猴。它是国家一级保护动物，只生活在广西。

　　弄岗国家级自然保护区以生物的多样性著称。它在北回归线以南，与越南接壤，森林覆盖面积达百分之九十七，大约是北回归线以南森林保存得最好的地方。其特点是石灰岩的山地，生长着热带雨林中特有的标志种——龙脑香科的望天树以及热带属性较强的蚬木、金丝李、肥牛树等。几年前还发现了弄岗金花茶、弄岗石柯、弄岗叉桂花等二十九个新物种。

　　已是十一月初了，龙川依然没有凉意。我们乘了一辆皮卡车，向保护区进发，拜访白头叶猴。

　　车行约半小时，见一戴着贝雷帽的老人，骑着自行车迎面而来——双手扶着车把，肩上挑了个担子，没用手扶，任其自由，但平衡得很好。在赞叹他的骑术高明时，心里也着实奇怪。

　　两车相向而行，他又是下坡，那身影只从面前一闪而过。在这

刘先平

瞬间，我看到他肩上作为扁担用的，只是一段树棍，每边都吊了五六个不同形状的物体，像是蜂巢……

越想越觉得有些蹊跷。

"师傅，请掉头。去追那个挑着担子骑单车的人。"

大家一愣，不知出了什么事。车上的气氛也顿时一变。

车刚停下，我和李老师急匆匆下了车：

"到二十米距离时就拍，不要吝惜胶卷。"

老人看我们拦头直拍照片，又都看着他，不知出了什么事，到了车前也就下车了。他下车时并没有抽出一只手去扶担子，两脚像钉子一样，落在地面，只是将身子稍稍后仰一下，就站得稳稳当当。这一连串的动作，竟是一气呵成，熟练敏捷！

真是大开眼界，见到一位奇人！不错，树棍挑起的的确是蜂巢。巢的外表颜色为灰白色，也有褐色的，里面透出黄的光晕。前后两头各有五六个。

我想稳定一下老人的情绪，敬了一支烟。他摇了摇手，说不会。我赶紧夸赞他骑车的技术。他说："小玩意儿，不值一提。"

老人有些疑惑，不知我们是干什么的。

我问："老伯，这是去哪里？"

他说：去前面镇子上卖蜜，野蜂蜜！

这不是蜂巢吗？

"里面都是蜂子酿的蜜呀！"他有些得意，也可能是因为收获颇丰。蜂巢的形态虽然各异，有半椭圆形的，有像哈密瓜般的，但最大的也不过小号面盆那样。

我在山野里，曾见过挂在高树上有稻箩大的牛蜂窝，外面涂满了黄褐色的泥草。大牛蜂成群进进出出，很远就能听到嗡嗡声，真是触目惊心！

儿时，家中院里牡丹花枝上，吊着扁圆形的黄蜂巢。门前水沟桥旁有棵柳树空了，马蜂在里面筑了巢，行人常受其害。我们几个孩子躲在远处，甩烂泥巴砸，目的是要糊住树洞口。被它蜇后，伤口肿得又高又红。有时也将洞口糊住了，可没一会儿，那些黑马蜂又将洞口掏开。

想了多种办法，都没有将这群马蜂除掉。直到冬天，才将这棵树锯倒，剖开。哎哟，那马蜂巢扁圆形，竟有七层，如宝塔一般。

我在川西看过岩蜂——栖息在岩石洞中，还参加过挖它的蜜。凿开石头后，洞里的蜜经过多年已凝成固体，黄黄的颜色。那次竟挖出了三十多斤的蜜。我们都称这是"蜜矿"。

可还是第一次看到这样的蜂巢，第一次见到蜂巢里装满了金黄的蜜汁！

我仔细地看了每个蜂巢，一只蜂蛹也未发现。为何只是储满蜜汁呢？是采蜜人将一个个蜂蛹从其中取出？不可能，这种六角形是不互通的构造，正是这样，才启发仿生学家设计新的容器和隔离舱。

它的蜂巢构造也很特殊，不像一般蜜蜂那样，而是一层一层连在一起。难道这种蜂巢原本就不是作为抚育幼蜂之用，而是专门储藏蜂蜜的？那么，它们又在哪里繁殖呢……真奇！

我细细观察，发现老人裸露在外面的皮肤并没有被蜇过的痕迹。他见我那样打量着他，有些不自在，忙说："你们尝点蜜吧！鲜甜，不腻人，还会有股花的清香，止咳，治哮喘。"

我赶忙说，等会儿要买一点儿，又问："你在哪里找到这些蜜？"

"在我们家山边的树棵里。"

"是大树，还是小树？"

"大树下面不就是小树吗？没小树哪有大树呢？"他微笑着。

我知道问得很笨，也笑了起来，然后又换了话题，问蜜好卖不好卖，多少钱一斤。

他说，这种蜜一到市场上就被抢掉了，因为是野蜜。现在养蜂

刘先平

的蜜，常因农药有污染。这里中草药多，它们的花酿出的蜜，能治很多种病。十二三元一斤（是商品蜜的三倍），有时还能卖到十四五元一斤……

我耐心地设计着话题，希望能了解这是一种什么蜂，它们在哪里筑巢，怎样才能将蜂驱走、采到有蜜的蜂巢。

他说是一种黑色的小蜂。现在正是最好的季节，一天常能找到一两个蜂巢……但对于后面的问题，全都是模糊的说法。绕来绕去，他就是不回答在什么地方才能找到蜜，怎样才能采到装满蜜的巢。问急了，他就说听不懂我的话……

我有些急躁了，抽出支烟想平稳一下情绪。刚吸了两口，心里顿然明白：保守狩猎的秘密，是猎人的天性，我怎么连这点起码的常识都忘了呢？

说话间，他始终没有将肩上的担子放下——当然也无法放下，两手要扶着车把。但那蜂巢上的蜜却在往外面溢，时而还滴下一两滴——由此判断，这十几个蜂巢、二十多斤蜜，都是在近一两天采到的。老人是这行当中的高手。

显然，再问下去，也不会有收获。今天犯了个大错误。既然在这里还有好几天，总是能了解到其中的秘密。于是买了一个蜂巢。原以为只是估估重量，谁知老人从后腰上，神奇地取出了秤。

我多么向往和他一同去猎蜜……神秘经常隐含在看似平凡之中……

眼前景象突然变了，平地陡然矗立起一座座碧绿的山峰。山峰不太高，多在百米左右。山峰相间之处，是一片片甘蔗或庄稼地。车已进入地质学家们称之为峰丛洼地、峰丛谷地。贵州也是喀斯特地貌发育的地区，却没见到过这种景象。

车渐渐爬上了山坡，以为要翻过前面的山岭，谁知它只在不高的山坡上蜿蜒。

迎面驶来了三辆摩托车。会车后，有两辆停下，一辆却掉头追来。

原来是保护站的巡护员，说是前面的路被水冲断了。小孟问白头叶猴最近的活动情况，他们说今天正是去看在那里考察白头叶猴的师范大学的两位老师和学生，路没有两三天修不好，只好回来。

真是令人沮丧，大家呆立在路边。

小林说："刘老师，往那边山坡上看。对，就是树冠特别绿，特别亮的……对！它就是金丝李，是珍贵的热带树种，每年开花两次，结果两次。第二次结的果，要到明年才成熟……"

我很感激地对他笑笑。在野外探险中，碰到这样的情况，是最为懊恼的事。

白头叶猴，你在哪里？

晚饭时，我要李老师把买的蜂巢蜜带上。她问干什么，我说你只管带着好了。

为了寻找白头叶猴，明天要离开这里了，朋友们来得较多。正在斟酒时，我拿出了蜂巢蜜，桌上一片叫好！

有的说："你从哪里搞到这样稀罕物？"

有的说："你也是个酒中仙啊！"

李老师莫名其妙。

那位老刘，伸手来夺。我却将它闪开："谁能说出酿这蜜的是什么蜂子？在哪里采到的？怎样才能采到？这巢蜜就是奖品。"

山里人喜爱将蜂蜜掺兑到白酒中，制成一种特殊的调和酒。

大约是一九八六年，我跟随胡锦矗教授在川西南地区考察大熊猫。这天来到了孟获村——相传是诸葛亮七擒七纵那个孟获的故乡。中午，他正在为无酒担忧时，朋友不仅拿来了酒，还从蜂箱里取来了天麻蜜。乐得他像个孩子，赶快将蜜灌入酒中调制。

我虽不善饮酒，但经不住他们的鼓吹，有的人说，此酒味美；有的说不仅驱风祛湿，且滋阴壮阳；有的说天麻能调理大脑神经……

刘先平

总之，神奇极了。正是天麻开花的季节。我喝了两口，实在不明其中滋味。但那天的收获却是巨大的。酒后，胡教授帮我在山野中找到了天麻，拍到了它的花。天麻只从土里冒出花箭，没有一片绿叶。

采天麻，以未出花箭的为上品，寻找到它的踪迹需要丰富的经验。作为中药天麻，见到的人不少。但在野外见到，甚至亲手去挖出的，就稀罕了。后来，我在高黎贡山，才知道天麻是兰科植物，属腐生兰。

老刘又伸手来夺，我还是闪开了。他说："算你问到人了。我家乡就有，这是一种黑色的小蜂子酿的蜜。"

是中国蜂？我国养蜂业的品种，主要是中国蜂和意大利蜂。颜色上中国蜂偏黑，意大利蜂偏黄。

"是种我们这里的土蜂，比常见的蜜蜂要小一半。我们就叫它土蜂。"

他又伸手来抢。

"你还没说清怎样才能找到？"

"我小时也贪嘴。奶奶说，不怕太阳毒，中午到小树棵里去看。有次，还真让我看到了。那太阳真厉害，都闻到头发的煳焦味了。见村西头灌木丛中，突然飞出一群土蜂。那蜂密密麻麻的，总有好几百只。中间有个大的，想必就是蜂王。它们不飞走，只在灌木丛上空盘旋，像是旋旋风似的。顶上大，下面较细，有些像蘑菇云，忽上忽下。总有一顿饭时间，才又下落到灌木丛中。

"奶奶说，记住那地方，秋后去收蜜。蜜罐子就是巢。不过，那蜂子叮到人，可特别疼，要疼七八天。怕疼就别去……刺棵里毒虫、毒蛇多。怕被咬了，也别去。"

说到此处，老刘竟然不说了，是想起了童年的生活，还是……大家都在等待。

冷场了一会儿，老刘才接着说："开头，我总是每天中午就去灌木丛看，十有八九能见到那群土蜂起阵，在盘旋。终于盼到了深秋，几次动了念头，但怕蜂子叮，毒蛇、毒虫咬，始终没敢去采蜜……"

小林叹了口气："嗨！你的胆小，害得我们受罪，只能是望蜜兴叹了！"

"别急。那年，有一天，我看到一个外乡的中年人，戴了顶贝雷帽，中午在村子四周转悠，总盯着那片灌木丛。我多了个心眼，一直注意他。果然，那群黑蜂又起阵了。

"戴贝雷帽的中年人，掏出一盒油，往两条腿上抹。卷了支又粗又长的土烟，点着后，一边抽，一边向外喷吐着浓烟，一边向灌木丛里走。走得很小心，每挪一步都将脚下看得仔仔细细。对蜂群，只是时不时瞟上一眼。

"一丝风也没有，也像现在这样的天气。快到蜂群时，他不吐烟了，只是用眼在灌木丛中搜索……突然，他猛吸几口，将浓浓的烟雾向蜂群喷去，烟头都冒出了火，奇事发生了：黑蜂顿时乱了阵脚，蜂王迅速突出了烟雾的包围，蜂群顷刻作鸟兽散，四处乱飞……

"那人像闪电般伸出手去，扭动了两下，取出了一个大大的扁扁的蜂巢出来。蜜汁在太阳下闪着金黄色的光芒……

"他走到我的身边，撕下一块蜂巢给我。可我一溜烟地跑走了……我为自己的胆怯羞耻！生活中常常是这样，就是那么一丝胆怯你就失去了机会，就成了失败者。勇敢者、懦弱者是由自己选择的。有时，选择的时间就在那瞬间……"

带蜂巢蜜来，是希望对这位酿蜜的精灵有更多的了解，绝没想到会引出这样的故事！

沉默了一会儿，大家都说，奖品应属于老刘！但这时的他，却静静地坐在那里。

"这样吧！我来将蜜掺到酒中调制。大家猜拳。猜拳有新规则，反过来，赢者喝。"小林的顽皮劲儿又上来了，但这次很适时。

刘先平

相·思鸟要回家

一夜金风，山岭上的乌桕树红了，银杏黄了；
黄栎树红了，水杉黄了；高高的山茶铺雪吐玉了，
漫山涂彩、满谷溢香。

Xiangsiniao Yao Huijia

白山茶开了花，

相思鸟要回家。

——童谣

一夜金风，山岭上的乌桕树红了，银杏黄了；黄栎树红了，水杉黄了；高高的山茶铺雪吐玉了。漫山涂彩，满谷溢香。

至高无上的大自然，只发一声号令，植物世界变色，动物世界骚动。神奇诡秘的权威！

金风是候鸟新年的信风，又一个生物年开始了。八色鸫、大雁、丹顶鹤、三宝鸟、黄鹂……候鸟们纷纷踏上了千里跋涉的征程。

生物钟的运行，以人们难以想象的狂热进行着。大连是候鸟渡海的站头，每天有成千上万的鸟，落在大铁山。夜晚走路，脚踏的是鸟，头碰的是鸟，甚至随手可捉一笼鸟。若是遇上风暴，鸟能向

开往青岛的海轮上的人群中挤，争占一席之地……

每种鸟都有独特的迁徙路线、集结的习惯、飞翔的姿势。

一九八〇年，寒露刚过，考察队的朋友告诉我：生活在皖南崇山中的红嘴相思鸟，已开始从高山向低山飘泊。这种忽东忽西、忽上忽下的飘泊，很像足球大赛前夕的热身赛，锻炼队伍，准备跋涉，群体数越来越大。

我抓紧将手头的工作完成，准备去皖南。然而，不巧的事发生了。那时，我正在为写作《千鸟谷追踪》做准备。去实地考察捕捉相思鸟的计划，是上半年就定下的。其间出版社有两位同志要来谈稿子，也想去黄山看看，因此约定的时间是十月中旬，主要是兼顾我的考察计划。可是，已是下旬了，还不见来人。眼看霜降又到，对生物钟又不能叫"暂停"。错过这个机会，就得再等一年。真是心急火燎！

最后，我只好留封信给那两位编辑，不顾一切日夜兼程往皖南赶。这事却给我带来了无穷的误解，因为并非每个人都懂得生物钟对迁徙鸟的巨大权威的。

由于时间紧急，我直奔徽州首府屯溪，希望从外贸收购部门知道捕鸟人的行踪。相思鸟一向以羽毛华丽、鸣声悦耳著称。相传雌雄不离，在国外被誉为"爱之鸟"，情人做信物相赠，亲朋更做吉祥物祝福新婚夫妻恩爱。七十年代，直到八十年代初，相思鸟仍然是大宗出口物资。每年约有十五万只到二十万只的收购量。捕捉是由外贸部门组织的。

谁知，收购部门的同志说："捕鸟人向来诡秘莫测，如天马行空。"我愕然了。虽然猎人多是野生动物的生态专家，保守行猎经验（即保证收获量）是天经地义的正当，但捕鸟人如此诡秘，确使我迷惑、惊异，更心急。

"哪些地方出捕鸟人？"黄山一带的猎人，多有地方性，如旌德人猎鹿，贵池人猎麂子。我想顺藤摸瓜。

"多是浙江来的，他们技术高，捕得多。近两年，听说歙县、休宁也出了捕鸟人。到底还是差一等。"

刘先平

"你们到哪儿收购呢？"我还是不死心，想揪住捕鸟人的影子。

"都是他们送鸟上门。"

"送到屯溪？"

"路太远了。他们只愁捕不到，不愁卖不掉，总是送到最近的收购点。农村的供销商店、土产公司，凡是商业部门，都有义务帮我们收。也只有交了鸟，才能购到必要的物资。"

"最近，哪个县收购得多？是太平，还是东至？"

"太平已过市了。那里的鸟下山早。听说这两年，东至有设网场的。不属一个地区，情况不了解。徽州地区，最近q县的收购数量大。"我也不再费心思了，当晚买了票，往q县赶。

离收购站还有五六十步，阵阵鸟鸣，已激得我浑身燥热。特殊的韵律、音色，已告知是相思鸟在呼唤。库房里全是装鸟的大笼。门口场地上，几位篾工还在紧张编织新笼。

满笼满笼的鸟，看得我眼花缭乱。

"哟！今年的鸟头顺嘛！"不自觉中，我用了句捕鸟人的行话。

没人答我的话。那位背着手、收购站干部模样的大个子，向我翻了翻白眼。

渐渐地，我从嘈杂的鸟叫声中，听出了怨愤。从它们向笼边的扑腾中，看出了焦急。鸟笼太拥挤了，每笼总有百把只。饮用水混浊，水泥地上湿漉漉的。喂鸟的玉米粉遍地抛撒。越往库房深处走，腥臭味越浓。

"哎呀！要赶快打开窗户通风，清扫库房。"那位大个子，正间隔一段距离注意着我的行止，"你们储运中的死亡率有多高？"

"你是哪里来的？"这已是审查了。

这时，临到我对他翻白眼了。他回之以鄙视。那双不算大的眼睛，充满了警惕，在我身上扫了两遍，好像那里藏着毒蛇。最后，连自己也怀疑，禁不住看看穿着：风尘仆仆，还斜挎着个旅行包……无疑，官不官民不民的，蓝衣服，臭老九的酸腐相……

"你到我们地区外贸去查吧！上级要我们收，我们就只管收。收不收与我们没关系。"像一脚踢在三九天的石头上，又冷又硬还有刺。　不过，我倒反而浮起了笑意。他以为我是来找麻烦的。"文革"结束之后，考察队已正式向省里写出报告，纠正了相思鸟是留鸟的错误意见，说明如此大规模捕捉相思鸟，且由于储运路中管理不善，死亡率高达三分之一，资源遭到了极大的破坏，也失去了生态平衡。如再不停止捕捉，黄山将有可能再也见不到相思鸟娇小的身影，听不到它们甜美的歌声，森林害虫也将猖狂横行。

很多有识之士响应了这个呼吁，但也有少数人嗤之以鼻："危言耸听！只要一抬手，知识分子的尾巴就要翘起来，盘古到扁古，也没听说能把哪种鸟捕完了！"

因此，争论还在继续。他大约是将我作为因主张禁止捕鸟而下来收集材料的。这既可笑，又使我感到需要解除这种误解。

这次来实地考察相思鸟的捕捉，与其说是科学上的原因，还不如说主要是为了文学。我是禁止捕鸟的强硬派，但种种数据，考察队的朋友早就调查得很详尽，还需要我来班门弄斧？但我要找到捕鸟人的网场，没有收购站同志的帮助，似乎是不可能的。然而，如果我说是来采访的，误解可能更深……急切中，猛然想起考察队朋友曾对我说过的一个人：

"你们这里有个叫方坤的同志吗？"

"你找他干什么？"

我只好说出朋友的名字，无疑是想拉关系、套近乎。谁知……

他又翻起白眼在我脸上搜查、审核，原来就长的脸，拉得越来越长，连眼也变成了竖起的枣核。最后宣判：

"没这人！"

我还想再说，但已从那斩钉截铁的口气中感到，把舌头说起了泡，也不会有效果。是否要对自然进行保护的争论，已注定我们站在对立面，果然——

"我们要清理库房了。"说着，翻起的白眼已瞪成逐客的冷眼。我气得捋袖握拳，想一拳把他那白眼果子打成红的，在这个小小的县城掀起一场风波……但这次的计划、任务全都要砸了。我只得强忍下这口怨气，慢吞吞地走到门外。脑子里却在迅速转动，想着摆脱困境的种种办法……

正要出门，迎面碰到位拎鸟笼的中年汉子。墩墩的身材，胡子拉碴，也是一对小眼睛，却闪神流采的。他未瞟我一眼，只顾笑眯眯，将话声越过我的头顶，冲着库房喊：

"方股长，收鸟啊！"浓重的浙江口音，看样子是个硬角色。

抑不住的喜悦，得到的却是空寂冷漠。那位长脸大汉虽未向他翻白眼，也只是向另一黄衣人撇撇嘴，就转到另一间房去了，其实，何必要这些小聪明呢？我在问方坤时，已从长脸大汉的形象估摸出他就是。朋友曾介绍过此人，而我们这一行对"认人"又敏感。送鸟人的一声"方股长"，只不过更证实了吧。当然，我也用不着再去找他。没一会儿工夫，卖鸟的墩实汉子和黄衣人却争执起来了。罩笼的黑布掀在一边，约有五六十只鸟，全都惊恐万状地扑来腾去，显然是今天才捕到的。争执是因为雌雄鸟的比例引起的。

黄衣人说他雌鸟多了，墩实的中年汉子说没有超过比例数，相持不下。收购部门常因不同性质的出口，自定收购时的性别比例数：如做鸣禽出口，主要收购雄鸟，雄鸟的鸣声婉转多变。若是作为观赏鸟成对出口，雄鸟比例稍大。据说雄鸟比雌鸟的死亡率高。看样子只好过笼了。

在捕鸟人拎来的鸟笼和收购站的大笼中间，放了个小方笼。笼门对着笼门。大笼用布罩起。笼门一开，送来的鸟就往黑处钻，这就必然要经过小方笼，进一只，认一只。只要有一方对鸟的性别发生怀疑，立即关上小方笼，让它停留在那里。再进行甄别。一般说来，相思鸟的雌雄容易区别：雄鸟羽色华丽，尤其是胸羽金橙闪光，嘴剔透红全。有两只鸟被关在小方笼中。黄衣人说是雌鸟，理由是"它肚子圆嘟嘟"

的。母鸡的骨架、体形和公鸡有明显区别，雌鸟要下蛋，道理一样，雄鸟腹部收紧。稍有经验的人，只要一眼就能看出。那中年墩实汉子，闪着狡黠的小眼，雄辩有力地说："鸟也像人有胖瘦，胖子肚圆，瘦子肚扁。总不能肚圆的男人是女子，肚扁的女人是男子吧？你又不能掰开鸟的胯裆瞧，只有看头发长短、穿的啥衣服了！这毛色是雄鸟不是？"

我忍不住扑哧笑出了声，心里说："身子墩实，说起话儿倒会七弯八扭的。"随即伸手从笼里捉出一只鸟，似是无意中翻开尾翼，只有窄窄的黑斑，是只雌鸟无误。雄鸟的黑斑宽得多。这种科学而准确的鉴别法，是考察队最新的研究成果。因为年龄大的雌鸟，在羽色上和雄鸟几乎无区别，鸟羽也会随年龄变色的。如寿带鸟老年后，棕色的似带子的长尾羽，就变得洁白如雪，因而获得"寿带"的美称。捕鸟人虽然不动声色，但眼神中却透出了紧张。

黄衣人以为我是讪笑他，很尴尬，但又找不出话反驳，无奈，只好打开笼门放它通行。否则，就需杀鸟剖肚查验，怀疑的一方受损失。我当然不愿去揭穿捕鸟人的花头经，无疑也就帮了捕鸟人的忙。

最后，捕鸟人拿起一叠票子，拎起空鸟笼。刚出大门，他就友好地向我递了支烟，意思也很明白。他先开口了：

"起早贪黑晒星星，捕几个鸟，也不易啊！一大家人指望它换身新棉衣。"他已从口音听出我不是浙江人，因而用"官话"对我说。

我很理解地笑了笑：

"哪碗饭都不好端。"

接着就是东拉西扯，边走边闲聊。我当然尽量往相思鸟方面拉扯，想让对方知道我不是门外汉，以取得信任，然后再……谁知我又犯了个大错误！对我说来，今天大概是个"愚人节"。

"爸爸，鸟卖完啦！"尖溜溜的童稚，也是浓厚的浙江口音。

一个瘦精精、大眼睛，约十岁左右的孩子，从街筒里斜插过来，手里拎着油盐酱菜。墩实汉子随手拿出张两元的票子！

"给爸爸买两包烟，给你买袋糖。"

说的是地道浙江临安一带的方言。我曾在浙江读过几年书，虽不会说方言，但却是听得懂的。

孩子一会儿就转回来了，将烟递给他，又得意地摇了摇手中才买来的小画书，还指着漂亮的彩色封面直咂嘴。那是本说北极探险故事的书。糖果却一颗也没买。若不是那双流神溢采的眼，真看不出他们是父子俩。墩实汉子表情很复杂地摇了摇头：

"鸟季一过，你还是去上学吧！"

孩子没说话，两只大眼水光水灵，涨满的喜悦似是要溢出。

眼看他们就要走出小小的县城，我的迂回战术毫无效果，只有冒险单刀直入了：

"你们在哪个村落脚？"

我故意不提网场，也算粗中有细。墩实的浙江汉子答话一丝咯噔也未打：

"谁知哪天起的什么风呢？才找到一个出金产银的好场地，风一变，金子银子全飞了。捕鸟人从来没定址。跟着风跑，跑到哪儿算哪儿。"鸟在迁徙中，与气候有极大关系，不能说他讲错了。但这句话真像是一阵风，就在脸上吹，却摸不到、抓不着。

"我不是捕鸟的，只是想看看怎样捕鸟。"不如坦诚相告吧！

"你同志好兴致，不是养家糊口，谁愿往鬼不屙屎的山缝子钻，过野人日子？"

"你看我像吗？"

"我是个粗人、野人……你懂鸟经，就该知道捕鸟人的规矩。就算我讲交情，可还有两个伙计。三五天后有场两天的雨，我到县城找你，小酒馆坐半天谈谈……"

他是把我当成看鸟路的了。捕鸟人往往是四五人结伙守张网，要转场时，总要先派人摸情况，找鸟路，看新的网场，然后才行动。

他们对气象情况，自有一套预报方法，常常很灵。我相信他在雨天不能捕鸟时，会来找我。可是，我并非酒徒……事情又让我弄巧成拙了！既是坦诚相待，就坦白到底吧。但我这个行当，却不大容易用三五句话就能使他明白的。因而，只好疙疙瘩瘩地说了一番，无外乎是想将捕鸟人的生活编成故事，印出书，让人们去读……

"也能编出像这本小画书？真正好！没相思鸟地方的同学，就会知道相思鸟了！你是会写书的叔叔？"

出乎意料，一直翻看小画书、心被北极探险抓住的孩子说话了。那双大眼睛盯着我，闪着渴望，烁着热情。我先是一愣，接着似乎有些明白，连忙向孩子点头，还说只有亲眼看到，才能写得生动……"小伢子家懂什么！嘴巴痒痒找打！"父亲对他的怒斥，用的是地道方言，显然不想让我听懂。

孩子吓得一缩脖子，伸了伸舌头，脸上的表情一下严肃了，胆怯地躲到一边。但那胆怯是装出来的。

路已走到县城边，话也无法再说下去。我也不愿使孩子为难，只好悻悻而立，望着父子俩离去的背影，懊恼着这倒霉的一天……

"叔叔，这是个什么字？怎么解释？"

孩子突然转身，猝不及防地迅速向我跑来，好像生怕被他父亲那双手抓住，同时，却抽空向我做个挺诡秘的鬼脸。快到我面前时，他急速又清晰地说：

"住小路口，你明早来……"到了我跟前，才大声地说，"嘞！就这个字，'土'字旁，加个'良'字少一点的。"

我极力克制激动，一本正经地说：

"'垠'字，读金银铜铁的'银'音，作边际或尽头的意思讲。这里说'无垠的雪野'，是形容北极无边无际都被冰雪覆盖……"

"顺着我留的记号……"孩子的声音很小。但他父亲那边，却抛来了炸雷样的声音：

"滚回来！"

慈祥和凶狠也只是转眼间的事。我的心更揪紧了，连忙推转他："去吧！快跟爸爸回去，天不早了。"

他还是忘不了在转身的瞬间，又给我做了个鬼脸，然后才跑开了。幸而他父亲只是扬了扬大手恫吓，我才能安心地站在那里，看着远去的身影。我也转身走了。突然，稚嫩嫩、尖溜溜的绍兴戏响起了：

> 白山茶开了花，
>
> 相思鸟要回家。
>
> ……

第二天，天还未放亮，我已打听好路径，向小路口奔去。走着走着，我却停住脚步，犹豫起来：让这样可爱的孩子作难、挨骂，甚至挨打，值得吗……不去，却又辜负了他的一片好心。在那颗小小的纯真的心灵中，不是为我冒险，是为"书"，是为读"书"的人……

五棵粗壮茂盛的老银杏，绿色城垣般巍然而立。这就是小路口了。不觉中已赶了二十多里山路。灿烂的阳光在山峦上、高空中织成耀眼的金网。只有绿云般的翠竹，苍郁的森林，但没有一幢房子，连个看山棚也找不到，这叫我到哪里才能找到那个孩子？找到他看守的网场……"进退维谷"的成语，就像是因我当时的处境而产生的。

我被迷惘、失望折磨得很沮丧，很想甩手就返回。可是，孩子那双对书籍充满渴望的大眼，似乎正在直视我。是的，那双大眼是个世界，是需要丰富、繁荣的世界……突然，那稚嫩嫩、尖溜溜的绍兴戏竟在耳边嘤嘤，那扮出的诡秘鬼脸，也在对我挤眼……

山茶花，在五棵古银杏的右前方山坡上，银白一片，如绿海上浮着朵白云。我急急向那边跑去。是的，是按着怦怦跳动的心，往白山茶边跑去。啊！大朵大朵的白山茶，洁白晶莹的白山茶，你端起的是甜美喜悦的酒浆，还是失望的苦涩……

喜悦在翻涌，白山茶呈给我的是杯甜美的酒浆。秘密展示出来了，凭着在山野生活的经验，一条淡淡的路影，像是蜿蜒的溪水，从我面前向山上流去。

这是条只有猎人才能走出的山路。他们总是很不愿留下痕迹，好机智诡谲的捕鸟人！可是，那路口却有着硕大白嫩的山茶花——是茫茫大海中的灯塔，险滩暗礁河道中的航标。

白山茶开了花，

相思鸟要回家。

……

多机智的孩子！一点儿不错，他是唱给我听的……不，是书籍海洋上空，一只海燕唱出的歌……

每当路影从我面前消失时，总有一两朵洁白耀眼的山茶花，在丛莽中牵着我左旋右拐。内衣汗湿了，气也喘粗了，可脚步是轻快的……终于，听到了相思鸟洪亮的叫声，从森林的深处传来。

我静静地倾听着、分辨着。不错，是从一个固定的地点传出的，总有十几只。看样子是媒鸟的呼唤，网场就该在媒鸟的附近。那里的林相以灌木为主。高大的乔木点缀般地东一棵、西一棵。大灌木茂盛，小灌木挤得严严密密的。估摸那被两座高山挟持，几十亩大的范围像个山坳。用望远镜分区分片看，也找不到网场。那墩实汉子机智的、老于山林世故的小眼，倒似乎老是出现在视野中。

怎么办？是这样大摇大摆闯去，还是另辟蹊径？那既慈祥又严厉的父亲，突然见到我后，会是怎样的脸色？那盼望我的孩子呢？还有捕鸟人的伙伴……是辱骂、打一架？

我和很多猎人相处过。他们强悍、豪放、热情，但也狡黠诡谲，而且最厌恶那些"盯梢"的——企图偷偷获得他们行猎经验的人。

处罚起这种人，也自有一套不成文的法规。善良的，只是放弃一

刘先平

041

次行猎，哪怕是猎物已牵在手上，但也要让你吃点儿小亏，如放根树枝弹你一下，等等，以示警戒。凶狠的，就要安上"锁脚弓"、"吊弓"，将你的脚杆锁住，或倒吊起来。特别是"吊弓"，借助于树枝和毛竹的弹力，呼拉一声就将你一只脚扯住，头朝下地悬吊在半空中，让你在上不着天、下不着地的"颠倒世界"中呻吟。等罪受足了，再让你求着他解救你。当然，那也要看对象。若猎场固定，又收获颇丰，猎人更是在周围就布置了各种机关，像是埋设了一道防护地雷……

这些惩罚，我一样也不愿受。可是，昨天的经历，已使我对直接闯入有顾虑。他们很可能会端着猎枪撵我，即使是对我这样身份不明的人有顾忌，放我走了，但他们却也收网走了。反正都是前功尽弃，也辜负了孩子的一片心意……

是什么使我作出冒险的决定呢？是爱冒险的天性？说不清，反正是豁出去了。

那个孩子都敢给我引路，我倒没有了胆量？

当然，多少也有点儿倚仗在山野得到的经验。我曾不止一次跟着猎人去下过"锁脚弓"——它和"吊弓"的装置一样。哪怕是当一次狐狸吧，我也要去体会捕鸟的真情实感，或许在他们不察觉时更为自然；何况我一向对"狐"的看法，就和世俗的意见相反，总是偏爱。像蛇一样在森林中游动，我使出跟猎人学到的浑身解数。其实，在这样的森林中藏个人，也不比一根针掉在大海里那样难。我按照观察时的判断，选择了路线。全身湿透——外衣被露水打透，内衣汗透——才潜伏到网场的正前方，距网口三四百米处。这时，我才看清，原来那边也是个宽阔的、长长的山谷。这个山垭就成了出口了……

还是看不到网场。但捕鸟人活动的声音，倒是让我感觉到了。猎人在行猎时极少说话，常靠另一种"语言"。我静静地躺着，边休息边苦苦思谋着怎样接近网场……突然，像是山谷刮起一阵夜风，刚听到，已到头顶，满目缭乱，一花眼，无数金线已射落到前面的灌木丛，汇入绿海……相思鸟！绝对错不了，是相思鸟！连红豆般的嘴都看到了。接着，母鸟那种"笛——笛——笛"三声一度的鸣叫，更证实了我的判断。

我的全身感觉神经灵极了——连这些可爱的小鸟儿边跳跃，边啄食树种、草籽、小虫的声音都听到了。瞧，啄破树种外壳的噼啪声，都清清楚楚。是的，母鸟在一声声呼唤，群体中同伴在答应，快活地向前……

鸟对食物的消耗量，和它们的体重有着一定的比例。如相思鸟这种小型鸟，胃容小，进食的次数就要相应地增加。尤其是在迁徙途中，它们耗去的能量越大，进食的次数则越多。难道网场的选择，除了其他原因外，估算每次进食的距离，也是学问之一？

树叶的飒飒声，脚对地面的压力……捕鸟人的动作，扰乱了我在喜悦中的沉浸。又是撕破空气的呼呼声。果然，又一群相思鸟落到我的前面……奇怪，就是刚才那群落下的地方。那里有两棵野山楂，顶着累累的红果。它们也像飞机一样，能认准降落场……过去考察中百思不解的事，竟全然浮上脑海，又豁然开朗。这些鲜明、生动的感受，都是从来没有得到过的。感谢你，冒险！

其实，真正应该感谢那位孩子的，还在于后面那些难得的场景哩！鸟群远去了。捕鸟人开始行动了。

看清了，墩实的汉子，那个大眼睛的孩子，还有他们的两个伙伴，呈新月形的散兵线，个个手持竹竿在树丛中敲打，嘴里柔和地呵呵着，像赶小鸡一样……这两群鸟总有百多只，占的面积大，他们人手显然少了，很是捉襟见肘，顾东失西。鸟儿倒是乖巧，一只也没飞，但听声音，并未能按捕鸟人的愿望前进。我灵机一动，再没细想，就快速向前接近……

"哦，呵呵——哦，呵呵——"

刘先平

一声口哨之后，他们突然全都打起了吆喝，快速地奔跑。我也不自觉地呵起，跑起……

刚看见前方的尼龙丝网，就听到扑棱棱声。

网上一片彩霞！

鸟一撞上网，就急速扑扇着翅膀，飞不走了，往下直掉，直落到兜底。只有少数惊慌地突然升高，越过网纲，遁入了蓝空。

"鸟笼，快，快拿来！"

精瘦的孩子忙得顾此失彼。捕鸟人快手快脚将兜里的鸟捉住，往笼里放。纵然他们的手脚快，还是有些鸟清醒过来，乘捕鸟人掀网捉鸟的瞬间，扑出了网兜飞走了。

我在网前陷入了沉思。这张网是由七八片高四五米、长六七米的尼龙网连缀而成的，简单极了，平淡极了；两头有网桩，中间用竹竿撑起，下底有个网兜。所谓网兜，也只不过是将网的下沿往上翻个尺把，每隔三四尺钉上线。若是没亲眼见过捕鸟的人，怎么也不会相信它竟能一次捕几十只、上百只的山野精灵。它们是被哄赶声吓坏了，仓促起飞，谁知迎头就是隐蔽得巧妙的透明的网，还在于它们不会"倒车"，更无法停留，翅膀扇动时总是被网丝挂扯。失去了速度，只有往下掉的份儿。落入罗网的原因，或许用"惊慌失措"形容比较恰当吧……

挺使我惊奇的，是从网中抓出了两只画眉，一只蜡嘴——它有着黄蜡般的嘴，好认。四只李子红，也是种小型鸟。它们是误投罗网的倒霉蛋！

"你，这下，该走了吧！"

墩实的浙江汉子，又看了看收获可观的鸟笼，似乎是直到这时发现了我似的。其实，像他这样经验丰富的猎人，是应该在赶鸟时即发现了我的，只不过那时他无暇顾及，被我钻了空子。在他下逐客令时，那个大眼睛的孩子却站在网桩的那头，没事找事地在整理网，但他的眼角却瞟向这里。刚才见到我的刹那间，他已闪电般地向我做了个得意且淘气的鬼脸——他也在庆祝他的胜利。

"猎人是不撵客人的。撵也撵不走。我要住在你们的棚子里，直到转场！"

平静，且多少带有揶揄的话，让那个墩实的汉子愕然，愣怔了半天……

我确实没有走。墩实的浙江汉子、他的伙伴确信我不是捕鸟的侦探之后，再也不撵我走了。

大眼睛、精瘦的孩子，表面上却是最后一个向我表示热情的人；其实，我们的心早就由书籍沟通了，由白山茶花交流了。真是个鬼精灵！

相思鸟的迁徙路线，是大致向西南方，迎着太阳飞。迎头风大，不飞。顺风起航。雾天，飞得迟、飞得高。雨天，基本上不飞。老年母鸟领头，当年出生的鸟夹在中间，病鸟、弱鸟随后。途中的落脚点，寻找灌木丛。

理想的网场，就如正在捕鸟的网场，两山夹一岙，来路是山谷，去路也是山谷。此处即是它们非停留不可的地方。捕鸟人中的强手，能辨鸟声、鸟风，能将远处的鸟赶入网中……凡此种种的知识，都是有一双大眼的孩子告诉我的。我倒是从远处兜着圈子，宣传保护大自然的重要，保护可爱的相思鸟的重要。

墩实的浙江汉子，常常在他搭起的山棚里、夜晚的篝火旁默默地想着心事……

几年前，已禁止捕捉相思鸟了，这是人类文明的胜利。那年，从白山茶盛开的山岭回来后，我就开始了《千鸟谷追踪》的写作。那个精瘦、闪着一双大眼的小龙，常常在字里行间跳跃、顾盼……我抚摸着出版社寄来的样书，竟然生出"寄浙江临安爱书的捕鸟人孩子小龙收"的痴想。也只能痴想罢了！

我和捕鸟人生活了几天，多次问过墩实汉子的地址，可是终究

刘先平

没有得到，只知道孩子叫"小龙"。我既理解，又心酸。"四人帮"是垮台了，但那个年代的阴影并未在人们心灵上抹去。墩实的汉子就曾被割过"资本主义尾巴"，又听我说捕相思鸟将是违法的，他还敢说吗？啊，人！

那年我们分手时——那是正值三天后的一场秋雨，秋雨连绵了三天——我们对相思鸟观点不一，但却彼此多少有了了解，也结下了友谊。尤其是那个孩子，不知是他还是我，竟成了尾巴，我们总是在一起。连晚上睡觉时，他也拱在我的怀里，似乎还在缠着我给他讲书上写的各种故事。对他说来，书籍是个五光十色、无限幸福、应有尽有的宇宙！

我驻足凝视着——他瘦小的身影在山茶盛开的山道上，慢慢地远去。他在攀登，是在艰难中攀登！前方，不是森林，只能是蔚蓝无际的大海，人类智慧的海洋……

> 白山茶开了花，
>
> 相思鸟要回家。
>
> ……

还是那尖溜溜的童稚声，可我今天听来，却觉得那是充满了他对故乡的怀念，对亲爱的勤劳的母亲的怀念，对久离了的学校的怀念……

小龙，今天，你在哪里？

后　记

在二十世纪八十年代，安徽省已严禁捕捉相思鸟，并采取了一系列的有效措施。相思鸟的种群已稳步增长。每当春夏和早秋季节，只要去黄山一带，一定可以见到那如彩霞流动的身影，听到那销魂的鸣唱。

三十多部记录在大自然探险中的奇闻、奇遇的作品，构建了一个颇具规模的异彩纷呈的人与大自然的世界，谱写出人与自然的颂歌。作家所描绘的这个世界已不再是一个被我们忽略的另类的世界，而是与人类有着息息相关命脉的朝气蓬勃的生命体，是个一荣俱荣、一损俱损的生命圈的整体，是整体的美。因而人类为保护这个生命圈正在进行的艰苦卓绝的努力，已不仅是忏悔，更是壮举；强烈地宣示：热爱自然就是热爱生命！

——束沛德 著名文学评论家

评论

刘先平

大·漠雄麝

大杨近似哀求的警告不是没道
理，但发现的喜悦，这么多天在大
漠中积集的渴望，使我怎么也割舍
不下。

Damo Xiongshe

沙漠情人

沿着万丈盐桥，穿过察尔汗大盐湖，格尔木市矗立——守卫着昆仑山和大漠。

看胡杨去，大漠胡杨有不可抗拒的魅力。

对于胡杨，我并不陌生。一九九九年在塔克拉玛干大沙漠中考察过，写过《救救胡杨林》，得到过强烈的呼应。

在日程安排得很紧张的行程中，我还坚持要去看胡杨，细细想来，主要原因是进入柴达木盆地之后，还没有看到像样的天然林——盆地中原生的森林。途中可鲁克河、大小柴旦湖附近的芦苇，戈壁滩上的芨芨草、骆驼刺，与大片荒漠相比，仍是扫除不了心头的苍凉。

出格尔木市区向西北，戈壁滩上便道纵横，油车、勘探车轧出了一道道深印，油气管道交错。朋友老谢说，这都是涩北气田的生产车辆。柴达木天然气储量约一千五百亿立方米。涩北是个大气田，每天源源不断地向西宁、兰州输气。

一条弯弯的小河，清亮、潺潺流动，喜爱画出优美的孤线，留下一个个河弯。河湾中芦苇茂密，菖莆、莎草在风中摇曳，几只野鸭凫游。

对面是郁郁葱葱的一片，不是胡杨，是人工栽植的杨树林；树龄大约在十岁至十五岁之间。

林后露出村落的房舍。

雪白的羊群从树林走出。牧羊的是一位蒙古族的大嫂，见我们正举着照相机，莞尔一笑不再赶羊，那意思是：尽情地拍吧！

河边几顶白色的蒙古包，主人盛情邀请喝茶，说是沙漠里像蒸笼。我们婉言谢绝了。

老谢留在车内休息，要司机大杨为我们当向导，说他对这里熟悉。向导的重要，在长年的野外生活中已有极深刻的休会。现在老谢不进沙漠，肯定是那边并不怎么"好玩"。

我不禁注意起一路言语不多的大杨了。他中等身材，白净的脸膛上寻不到一点儿大漠的熏染，只是体格精干。

大杨走进蒙古包，详详细细地问了路径。

我心里又咯噔了一下，在沙漠里迷路……连忙用眼神告诉老谢我的疑虑。老谢大大咧咧地说："放心吧！别看他年纪不大，可是位老师傅，高原上的路他闭着眼也能跑……"再看大杨，他的神情、举手投足倒使我感到……

大杨说，这地方已变得认不出了。尽管有老谢的评语，尽管如此解释，仍未抹去我心头的阴影，于是对君早使了个眼色，他心领神会地点了点头。

转过蒙古包，前面就是约有二十多米高的沙丘，直压到杨树林后的村落。从这个角度看，村子就在沙丘下。杨树林护卫着村庄，

刘先平

护卫着这条秀美的小河。

越过一片小沼泽才能到达沙梁下。在红柳、芨芨草、盐蒿、芦苇中行走，时时得当心脚下，尽管艰难，心情还是愉快的。在水和绿色的植物中穿行，犹如进入沙漠前的盛宴。

沙梁陡峭，风已将它抹得没有一丝痕迹，毫无表情，也显得寂寞和冷峻。每爬一步，至少要滑下半步，软软的、滑滑的；咬牙用力，陷得更深。很无奈，使不上力。沙砾还将太阳的热能反射，直往脸上扑。细沙往每个毛孔中钻。

我招呼君早将相机包好，否则等会儿就有大麻烦。他已气喘吁吁，看不到他脸上有汗，只有蒸发后留下的汗渍。胖子搬动自身，总是要付出更多的能量。

终于登上沙梁，满目沙包，沙窝参差，胡杨或三五成群，或孤立突兀。尤为触目的是一个个城堡般的高台，其上红柳的花穗旗帜般拂动。

纵目远眺，似是由沙梁、红柳包、胡杨台地围起的一个沙漠盆地。这是我在塔克拉玛干大沙漠也没见过的景象。

我的右首有一红柳包。下了沙梁仰视，才感到突兀高耸。

四面黄沙围住一土质高崖，尤显陡峭伟岸。顶端红柳蓬勃，花艳如霓霞。

我在崖边寻路，想攀上去。走了一圈，都很光滑、僵直，落脚之处也找不到一个。

红柳是沙漠、戈壁中富有诗意的植物，枝条柔韧，皮色红艳，叶窄，细如线，花型与叶相似；花色有深有淡，深红如玫瑰，淡红似胭脂。极耐干旱、盐碱。几乎随处可见到它的身影。

红柳一般都只有五六十厘米高，枝条茂密，树冠呈蓬状，如杨柳，但性格极坚强，毫不逊于松柏。红柳在新疆特别多，维吾尔族老乡说：它和胡杨是沙漠中的一对情人：

　　雪白的羊群从树林走出。牧羊的是一位蒙古族的大嫂，见我们正举着照相机，莞尔一笑不再赶羊，那意思是：尽情地拍吧！

"红柳红红的，是位漂漂亮亮、美丽的姑娘。胡杨高高的、粗粗的，是位英俊的小伙子。"

红柳袅袅，但脾性外柔内刚。狂风吹来，起起伏伏，风过之后又蓬蓬勃勃。沙长一寸，它高一尺，沙增一尺，它长一丈，总是压住黄沙，总是昂首向上，傲视肆虐的风沙。

我见过的红柳多呈灌木状，直到二〇〇五年，从北线到帕米尔高原，在新疆见到乔木的红柳大树，那是多么的惊奇！

我一边仰视着身边的红柳包，一边思索着……

"你在研究这座红柳城堡？"君早毫不吝啬胶卷，估计最少已拍了几十张，才抽出时间问我。

"你看，包顶的红柳原来应是当年的地平线。因为所看到的红柳包和胡杨立足的台地，基本上都在一个等高线上，这就是证明。

"现在我们站着的地方，已是一条西北东南向的沟沟，像不像河床？不知哪年，植被遭到破坏，强劲的西北风将薄薄的土层掀开卷起，日复一日，竟然刮剔出如此一条深沟！"

红柳呢？凭着它发达的根系，牢牢地固守了这方土地。我在塔克拉玛干大沙漠见过红柳根。一位老乡为了取柴，刨开了红柳包。根比树干粗了几倍。整整装了三车！这足以显示它生存的本领，生命的伟壮！

君早也仰起头来，仔仔细细地阅读生命之歌。

越过这条沙沟，又爬沙丘，到达胡杨林。

林子不大，只有七八棵胡杨，在对面几处高地上，也有林子，都只有四五棵树。这里较高，极目处也都是这样的景象，一条条沙沟将它们阻隔成岛状。绿岛星罗棋布。据介绍，这片胡杨林有三十平方千米。

刘先平

　　我突然悟出维族老乡的话，胡杨和红柳是一对情人，你看，它们都立在崖头上，地久天长，相看两不厌。

　　这片胡杨，多在十多米高。树身粗壮，树冠不大，叶呈灰绿。黄褐色的皮起鳞，遒劲敦厚，透出的沧桑、顽强的气势有一股震撼力！以其胸径多在八九十厘米，甚至有一米多，其岁应是数百年，饱经世故的长者。

　　有两棵已经伏地，但仍虬龙游动，稀疏的枝叶依然一片绿意。

　　生存的艰难，总是造就坚强的生命。

　　胡杨和红柳都是古老的植物，从古地中海漂泊到青藏高原。当海水退出，高原凸起，它们同时留下作为原始的居民，撑起一片绿色的世界。"胡杨三千岁"，源于维族老乡说的胡杨可活一千年，死后一千年不倒，倒后一千年不朽！既是生命的写照，更是生命的颂歌。

　　胡杨为落叶乔木，极耐干旱、盐碱，维族老乡又称它为英雄树！是它在沙漠中撑起绿云，构筑绿洲。

　　据当年考察队的朋友说，它的根系很发达，可深入到地下十米处。它又是储水的高手，在沙漠中的旅行者，常常在其树身凿洞取水。还是那位考察队朋友说的，他们想测出一棵胡杨的年龄，当拔出生命锥时，树身内竟然飘出足有二米高的水柱。

　　为何这边胡杨却是如此状态？

　　我从这个胡杨台走向另一胡杨台，突然，对面的胡杨台展示出奇妙。

　　迎风的一面已堆起了沙丘，沙丘上一片幼林——严格地说，只有十几棵细直的小树，但却有股往上猛蹿的劲头。

　　急忙下去，越过沙沟，再爬到台地上。是的，它们神奇地从沙中冒出，堂堂正正地立在沙坡上。与黄沙产生强烈对比的，是它们枝头碧绿油亮的叶子。

　　"该不是胡杨吧？叶子像是柳树的。"君早小声嘀咕。

肯定是的，胡杨又叫"变叶杨"。在童年时，其叶细长，少年时长阔如柳叶，成年后才阔大如卵形。这是生存技巧的神妙，为了对付沙漠中巨大的蒸发量所采取的应对措施。

其实，胡杨树不同形状的叶子往往集中在一棵大树上。其中的奥妙，直到我们二〇〇五年从北线去向帕米尔高原时，在三河汇集地的沙雅才得以揭晓。

胡杨还有一种特殊的本领——老树新枝——在枯倒的老树上，新芽抽枝。这里极有可能是沙埋了老胡杨，但由于沙下有潜水，新芽拱出，再造一片世界！它们就是这样不屈不挠，激情澎湃！

一路上我不露声色地与大杨攀谈，他确是在青藏高原行车十多年，经历过各种奇异。我心头消融了很多疑虑。他证实了我的猜测，才释了君早的疑虑。

在沙沟中，我捡到一块树皮，呈焦棕色，龟裂成一个个方块状，如龟板。我将它递给了大杨，引出了一段历史：

"这里原来是一片茂密的胡杨林，有几条小河在林子里曲曲折折。我在当知青时，队伍开到这里垦荒，砍树、挖根。树好砍，树桩难挖，长得深。那时野兽也多，黄羊、獐子、鹿多得往我们住的地窝子钻。一到晚上，四处是用胡杨烧起的篝火，篝火上烤的是野物的肉香。

"开出的地还未种上庄稼，狂风已将黄沙碎石卷来。我今天来看了也大吃一惊，才几年没来，已是满目疮痍，变得连我也认不出了。

"风沙太可怕了。我现在才明白，当年的愚蠢，竟遭到自然这样可怕的惩罚！这里恐怕再也难以恢复到当年的景象了……"

说得我们心头像压了块石头。恰在此时，远处腾起一股黄乎乎的烟雾。大杨说起风了，赶快到胡杨树下避一避。刚坐下，风沙已呼啸而来，睁不开眼，呛得嗓子憋不住地咳，君早干脆将衣服反拉

刘先平

过来包住头……

幸而时间不长，可我们一个个都沙头沙脸的。

清理完毕，君早突然有了发现：

"老爸，看树上！"

在一棵胡杨的顶端，树枝搭成了鸟巢状。巢状物较大。

在川西卧龙考察大熊猫时，亲眼见过铁杉树杈上，有一枯枝搭建的简陋的巢状物。说是鸟巢吧，太大，又稀稀朗朗，鸟蛋如果没有拳头大，肯定要掉下。建巢的枯枝粗实。如果不是鸟巢，那又是什么……正疑惑时，胡锦矗教授来了：

"没见过？是黑熊搭的窝！这个傻大黑粗的家伙也喜欢高高在上，临风把酒啊！其实，有巢氏不也是住在树上的吗？"

快步走到那里，树很粗，不高，沙已淤埋了原有挺拔的树身。踮起脚，也看不到巢内的情况。从建巢的枯枝看来，不可能是黑熊的杰作，也不是人工所为，最大的可能是鸟巢。显然也不是喜鹊的巢。鸟巢不是鸟儿们的居所，谁到这大漠胡杨中建立生命的摇篮？

儿时我也是爬树能手，可现在却笨手拙脚，急得君早在树下张臂呼叫。其实只一小截。

看清了，确是鸟巢，窝内枯枝上垫有羽毛，奇特在还有兽毛和兽皮，以及几团陈旧的粪便。掰开粪团，里面也裹夹了碎骨、兽毛。这说明是猛禽的巢无疑了。因为只有它们才能捕捉小兽。再是从羽毛的花纹以及巢的构造差别，已基本上推断出是雕或秃鹫等猛禽之类的动物。

我和鸟类学家有过交往。他们说鸟巢的形状和结构，相似的程度越大，种类关系越近，能为研究鸟的系统分类、演化和地理分布等，提供很多有价值的信息。我正是得益于他们的学识，才可能作出这样的判断。

大漠是猛禽的王国。我怎么忘了这一点？

我仔细地端详了那几根羽毛，很可能就是胡兀鹫的巢。这个家伙外貌上有明显的特点，即颌下有一撮长胡子，很容易与秃鹫及其他的鸟区别。它凭借着巨大的翅膀，真是扶摇万里，将啸声留在蓝天白云之间，能在八千米的高空，利用上升的气流，像直升机那样，悠悠地翱翔，甚至停留。但若是发现了猎物，骤然之间加速，势若流星，能轻松地抓起一只黄羊，再升高，带到山崖上美食一餐。再是它的续航能力可达到十小时左右。

猛禽喜爱在人迹罕见的山崖筑巢。在这一望无际的沙漠中，突兀的胡杨台也应是高仰、险峻的。将爱情的信物、子女的摇篮构建在胡杨树顶端，是为了安全还是心高气傲的必然？它为了生命的尊严，绝不作一丝的苟且。然而，漫天黄沙已使胡杨失去当年的挺拔伟岸……它们以生命的壮阔与生命的顽强相互辉映，焕发出奇异的光辉！

胡杨台的另一面，沙窝里一片青绿，绿得耀眼，绿得心花怒放，全都坐到沙丘上往下滑行，一个劲儿地往那边赶去。它既是心灵的慰藉，又是希望。我们带的水早已喝完，渴得喉咙冒烟。

抬头望望，天空靛青得发黑，只有几小片白云，沙漠中热气蒸腾。用君早的话说就是："快成木乃伊了。汗一出毛孔就蒸发得干干净净。是桑拿中的干蒸。再淌只有油了！"

哪位朋友？

绿地上的芨芨草、骆驼刺、白刺、碱泡泡长得旺盛，几朵黄色的小花开得灿烂。地也有潮色。

　　可是，地表水一丝的踪迹都没有。我不死心，仍是在草丛中寻找，哪怕有个小水凼也好。

　　我问大杨可记得哪里有水。

　　大杨说，已面目全非了。看样子这里有地下水，可没带工具，无法挖。他建议打道回府。

　　君早索性脱了上衣俯身趴到草地上，连叫"爽、爽"。

　　大杨连忙把衣服盖到他背上："这里太阳毒啊！紫外线灼伤要疼好多天。"

　　大杨审视草丛的神情，引得我走了过去。

　　"找到了水？"

　　"不是！"

　　看到我往那边走，他忙说：

　　"没什么，往那边找找看吧！"说着，就离开了。

　　我还是走了过去。他的神情表明有发现。是的，确实没有水。但草丛吸引了我的眼球——草茎有被采食过的痕迹。

　　"像是有位朋友在这里逗留过。"我压制着发现的喜悦，尽量将语气说得轻松平淡。请设想一下，在这黄沙漫天的大漠中，在这只有我们三个人的空旷而无际的世界中，突然有个鲜活的生命在你眼前跳动，那是多么激动人心……

　　"怎么可能呢？刘老师真会说笑话。走到现在，连个人影都没见到。走吧，我也渴得挺不住了。"他在远处说。

　　我招呼他回来，一把拿住他的手，指着被采食、折断的草：

　　"这是什么？我说的是动物界的朋友。"

　　他只眨巴了一下眼：

　　"这里沙鼠多。它们吃草凶。"

"不是，绝对不是沙鼠吃的。它喜欢从根部下嘴，这被采食的痕迹在草的上部。"

"兔子呢？野兔也多。快走吧；再不走，就要在沙漠过夜了。夜里冷，谁吃得消？忘了？这里可是'早穿皮袄午穿纱，围着火炉吃西瓜'的沙漠。"他脸上泛着顽皮的笑容，硬是来拉我，劲道十足；可我还是没动脚步。

我在草丛中仔细搜索。多次参加野生动物考察的经验，终于帮助我发现了蹄印。可印迹很模糊。猎人在山野行猎，靠的就是辨别足迹、野兽留下的粪便，当然还有生态。

大杨见我不走，无奈，又走了回来：

"不是兔子，就是沙鼠。"

"不是。有蹄印，肯定是有蹄类的。"我说。

"黄羊，鹅喉羚？还是野驴？"

"野驴的足印大，食量也大。它们来了，采食后的草不会是这样。再找找，有清晰的足印或是粪便，就容易知道它是谁了。很像是一两个家伙，胆子小，吃两口换个地方。若不是，在这黄沙漫天中见到了青草还不狼吞虎咽？"

"刘老师打过猎？"

"老爷子常跟随动物学家考察，也有不少的猎人朋友。"

在一棵结满黄色果实的小灌木下，有几粒野兽的粪便，像羊粪一粒一粒的。

大杨一拍大腿：

"嗨，原来是老乡的羊群来过！"

我说："羊是见青就吃的家伙，羊群来过，还能留下这么好的草？"

大杨又一拍脑瓜：

"嗨，这肯定是黄羊。这里过去黄羊多，一群上百只，跑起来蝗虫一样密密麻麻！那年在这儿垦荒，大雪天，它突然钻到地窝子。我们

刘先平

057

一个组的人全都扑了上去。别看它个头不大，机灵精，左躲右闪，逗得我们手忙脚乱，人仰马翻。最后它狠命一跳，撞开了顶篷，逃走了。炸了营，全都钻出地窝追。到了野地，是它的天下，只好眼睁睁地看它跑了。"

原来，他也会眉飞色舞地说话。

见我毫无反应，只是在找粪粒，还不时放在鼻端闻。大杨焦躁地站在一边。

对于这样形状的粪粒，我太熟悉了，似有一种老友相见的情感，在心里泛起波澜。它虽与羊粪有很多相似之处，但绝不是羊留下的。羊的粪粒如算盘珠，圆形。这种粪粒趋于扁形，像瓜子壳。凭着经验，肯定是鹿科动物留下的。它触动了我心灵深处的一根弦。

一九七五年参加考察皖南梅花鹿时，那位请来做向导的曾经是打鹿队的领班师傅———一位瘦小的老头，教给我很多鹿的生态知识。他就是靠粪粒形状的丝微差别，准确地判定是公鹿还是母鹿留下的。根据粪粒表面的光泽度，准确地判断出鹿茸的大小。鹿茸的形状、大小不同，价格区别很大。

不一会儿，君早也捡到了粪粒，也放到鼻端闻闻，却沉默不语，再交到我的手上。虽然粪粒较为陈旧，但多了之后，相信能传达出一些重要的信息。我要君早再去找。

"刘老师，你看太阳已到哪里了？快走吧，不行明天再来。天一断黑，我真的没把握把你们领出去。水是一滴不剩了。"

大杨近似哀求的警告不是没道理，但发现的喜悦，这么多天在大漠中积集的渴望，使我怎么也割舍不下。

太阳已大偏西了，但热力丝毫不减，沙砾集聚、反射的热量更多。不久前天空还有几朵白云，现在也似乎被蒸发了，只剩下了丝丝缕缕。环顾四野，大漠无语，只有我们三个人的身影。没有水，有胡杨，心里踏实一点。至于迷路，那确实危险……我后悔这次出行没有带GPS——卫星定位仪。大杨进蒙古包问路留下的阴影又浮现出来，我再次对君早递去一个眼色。

他会意地点了点头，很肯定，毫不犹豫。他的双唇已满是翘起的皮子，脸上像是涂了层灰黄的面膜。

我这个小儿子有种特殊功能。他已领会了我的意思，也意识到这个发现的重要。

但大杨的表现，还是令我心中有点儿隐隐不安。说实话，第六感觉不好，似是要出事前的"眼皮跳"……

"大杨，你可以先往回走。真的，我们会找到回去的路。"

"怎么可能呢！丢了你们，我交代得了？别用激将法了。求你快点吧！"

终于有了七颗粪粒。

我默了默神，尽量将心静下，将粪粒掰成碎快，又用唾液将其湿润，然后徐徐、深深地吸气……突然，若有若无的香味在丹田中游动，直沁肺腑，顿时有种神清气爽的感觉……这是一种特殊的香味，被誉为"香魁"的香味，只要闻过一次，终生也不会忘记。

我笑了，问大杨：

"你见过麝？就是香獐。"

"是那个宝贝？"大杨愣了会儿才惊乍乍地说，"当然知道，还见过它的香袋子。那时，这一带可多呢，只是打獐子的人更多，绝了。都忘了。"不是那种又惊又喜，而是异常复杂的情绪。

又半晌，他说："不可能是香獐！"

当时并未注意他白净脸膛上复杂的表情，只是一连追问为什么。

"格尔木的香獐多，那是过去。我已很多年没有见到了。打獐子的人太多，绝了。不可能再有香獐子了。这里原来多美！今天已沦

刘先平

059

为了沙漠！"

大杨沉默了许久，说得很沉重。

异香开启了心窍，遥远的情趣、盎然的记忆像潮水般涌上心头……

决定迅速作出，去探访这位尊贵的主人。

想想看，大漠中追踪麝，那种诱惑，谁能抵挡？

当然，我想了解这里更多的生态变化。柴达木虽然荒僻而遥远，但它仍未能逃过人的愚蠢的破坏，对野生动物的无情猎杀，一路上，我们没见到一只曾生活在这里的野兽。若真的能见到了麝，那意味着什么……激情在心头荡漾……

大杨再次强调天晚了，又在沙漠的深处，饥渴难耐……总之，是困难重重，危机四伏。

我说起当年在黄山考察时，在倾盆大雨中的山间行路。正是雨天，让我看到了奇妙的蘑菇世界。若不是机遇，怎么设计也难找到，在那样的季节、那样的气候……在野外考察，很多机会是可遇而不可求的。"不想去证实一下究竟是不是香獐？你对它好像……"我故意不把话说完。

寻访香獐

"不，不是。怎么可能呢？"他的脸上掠过赧颜，在白净的脸膛上很显眼，神情尴尬。

在草地转了一圈，也没发现更多的线索，无法判定它是从哪里来，又往哪里去。但从草地只有七八十平方米的面积推测，它也只偶尔来此采食。食草动物选择采集地时，庇护条件是重要的考虑，既要有食物，又能很好掩蔽自己，保障安全。

"这个时候，它们都躲在阴处休息，傍晚时才会出来。"

大杨突然冒出的话，使我惊异。他对香麝的生活习性不是毫无所知。

但若是等到傍晚，我们肯定在天黑之前也出不了沙漠，等候的老谢肯定会急得跳脚，也会采取措施实施营救。

我不愿兴师动众，当然也自恃在山野的经验，计划着尽快发现它的踪迹。现在是下午五点多钟，西部与北京有时差，估计要到九点多时天才黑。首要的是选择较好的路线……

"它们有舍命不舍山的习性。"

我真的有些吃惊了：

"你也内行嘛！"

谁知却闹了大杨一个大红脸。是的，他的脸涨得通红。

"舍命不舍山"是打獐猎人的行话。是说麝的生态特征较为依恋栖息地，不管是受惊或是外出采食，最后还是要回到选定的栖息地。猎人正是根据这一特性设伏布套的。

估计这只麝的栖息地，就在这方圆五六里的地面。我爬到胡杨台上观察，左前方有片林子树叶的绿色较亮，应是水源较好……

右前方的林子不密，但有着山岩。大杨的表情，让我多了个心眼："你看，我们该往哪边去？"

"刘老师笑话我了。"

"哎，你是当值土地菩萨嘛，不问你问谁？"

他沉默了一会儿，像是思索了很久，最后才说：

"往右前方那个林子去吧！"

"这边胡杨树长得好，看样子水源也不错呀！"

"它们喜欢有岩石又陡峭的地方！"

真要刮目相看大杨了。一般人绝不可能知道麝的这种脾性，只有……

麝在丛林中是弱小动物。豺、狼、猞猁和猛禽都是可怕的杀手。麝的雌雄都无角。雄麝长有獠牙，总算比雌麝多了一件武器。但这武器多是在繁殖季节，集群争偶，同类相搏时，才派上用场。平时，雌雄并不合群。雌麝也只是在护仔时，母性的勇武才激得它敢和敌人对抗——那也只是使劲顿足示威。

大杨感到我审视的目光，低头的刹那，我看到他又红了脸，只得岔开话题，与他商量一些具体问题。但心里却冒出：肯定有故事。

原本可以分头寻找，但在这样的沙漠中容易迷路，我要求三人拉开距离，但却能互相见到，又叮嘱君早不要大呼小叫。在野外考察最忌讳人多，气味容易惊吓了野兽。

麝香神奇

第一次见到麝，大约是在一九七六年。那时我是珍稀野生动物考察队的编外队员，专业是一家文学杂志的编辑。只要时间允许，总是尽可能地参加队里的考察活动。好像是六月，听说要去大别山考察麝的生存状况。我抓紧时间做完手头工作，但还是晚了两天才出发。

那样急切地要去探访麝，究其原因，倒有些好笑。并不因为是野兽的麝，而是作为汉字的"麝"，鹿为部首，属鹿无疑。可射呢？是奔跑如射，还是它有秘密武器可以发射？查询资料，原来"麝之香气远射，故谓麝"（《本草纲目》）。这个"香"一定非常特殊，才有资格为它造字。一点儿不错，在雄麝的肚脐旁，生有一香囊，分泌麝香。正是在检字索引中，才知道祖先们不仅对麝有了了解，而且已经利用，甚至入了文人墨客的诗句。它首先是作为芳香而美化生活的，帝王将相的贵族人家，持麝，以麝的芳香来炫耀身份和门第。

焚香溢室的香，有樟木、檀香之类，最为名贵的应是麝香，继而才逐渐发现香能开窍。中医有人具七窍之说，窃塞患病。麝香成了治病的良药。香味能疗病并非妄语，至今仍有香疗沐浴盛行。

在这方面我倒是有些亲身的经历。儿时常出鼻血，止不住，塞鼻的棉花球能拉出一长串的血块。大姑母就急急拿来一锭陈墨，要我母亲赶快研，然后用棉球浸透墨汁塞鼻。墨汁清凉有股异香。不一会儿，血止了。那墨很粗壮，是六方柱形，上有金色的龙腾图案，是真正的徽墨。

姑母细心地将墨收藏好。原以为那墨是我父亲留给她的，因为我父亲的书法有造诣，特别是楷书，常常被人要去作为字帖或挂在家中。谁知姑母却说是祖父留下给人治病的。

祖父是中医，总是备有常用药供乡亲们来讨要，意在积德。姑母说，真正的徽墨中有冰片、麝香，能止血。后来，还亲眼见过一位吐血的病人来讨药，端回去一盆墨汁喝了。

正是因为徽墨的神奇，几十年之后，我在皖南一个山村，一座古宅中，看到柱子上楹联的纸已被岁月或虫蛀蚀完，但残片字迹都赫然耀目，又一次悟出徽墨的神妙。宣纸号称千年寿纸，也是得益于徽墨，得益于麝香，是麝的文化。麝香具有防虫作用。

"墨香"、"书香"的由来正源于此。

麝香是极珍贵的动物香料，素有"香王"之称。它为人类带来了福祉，也给自己带来了灭顶之灾。

麝香只生于雄麝身上，原本是赠送给雌麝的爱情信物；它是一种特殊的分泌物，集中在雄麝肚脐眼与生殖器之间的皮囊中，大小如核桃般。到了繁殖季节，雄麝就用香囊部位在岩石、树干上摩擦，将香味散射，以召唤母麝的到来。

只迟了两天，考察队的朋友已潜入了大别山中。失落与沮丧搅得我心神不定。我记起在佛子岭有个养獐场。

养獐场在佛子岭水库的一个岛上。费尽了周折，才和他们联系上，于是开来了小船，将我载到岛上。刚见场长老颜，我就乐了。在一次会上见过面，他是学生物专业的，也是考察队的成员，只不过专题是《人工养麝》。

岛上养有百多只的麝。大别山麝资源丰富，是就地取材，从野外捕捉了几只，圈养繁殖的。

主要是原麝和林麝。

在进入圈舍时，老颜反复叮嘱：脚步放轻点儿，别大声说话。麝的胆子特别小，在野外是弱小群体，豹子、豺狗、狼、豹猫都是它的天敌。它的生存策略是尽量隐蔽，受了大的惊吓能撞死。

果然，听到我的脚步声，它们都急忙往阴暗角落躲，瞪着惊恐的大眼，闪着无限的不安和恐怖，有的甚至瑟瑟发抖。我的心灵被深深触动，也就早早结束了观察。

这是我第一次见到麝。

其后一年，一直跟随我生活的老姨母回乡下，邻里之间为房基地发生了激烈的争吵、动武。

姨母前去劝解，却被盛怒中的乡邻搡倒；接回合肥，X光片显示右手腕有一根小骨断了，且错位，需要手术。

姨母一生坎坷，极刚强，说我已是七十多岁的老太婆了，还去受那份罪，连打石膏也不愿。我们左劝右劝毫无用处。

不知怎么让老颜知道了，他特意送来一个纸包，说这是科研中用剩的麝香囊的皮皮，也许会有效。那确实是三分之一大小的香囊皮皮，多少还残留了一些香末。

于是我在捣蒜的石臼中将它慢慢研成粉，再撒到膏药上给姨母贴。没多少天,红肿消散了。后来,她的手腕也奇迹般地能够活动自如,连纳鞋底都不妨碍,直到九十四岁的高龄离去。

在"文革"结束后,动物考察队的生活时时在胸中涌动,搅得不安;于是在停笔十多年之后的一九七八年夏天,带了一包稿纸,想也未想就来到了佛子岭水库,进行文学大自然的探险。或许,是对那忧伤而惊恐的麝的眼光的回应吧!

这是否就是缘分?

在和老颜的交谈中,我才知道,养獐场是属于医药公司的。大别山虽然麝资源丰富,但由于滥猎,没有任何的保护,作为中药材的麝香,已经很短缺。医药公司迫于形势,决定在野外捕捉麝,人工养殖、取麝香。

经过多年的努力,已能人工取麝香,不需要宰杀雄麝。是根据季节、麝的香囊的状态,然后人工取出乳白色的麝香。成果令人鼓舞,它解决了保护与利用的矛盾。但是,才三十多岁的老颜,头发已经花白和满脸的沧桑,却印在脑中挥之不去。

还是《本草纲目》说的:"麝香能通诸窍,开经络,透肌骨,解酒毒,消瓜果食积,治中风、中气、中恶、痰阙、积聚症瘕。"后人总结为有通经活血、芳香开窍、消炎止痛三大功效。

臭能熏死人,香味却能起死回生。一大奇迹,一大发现!

有人做过粗略的统计,含麝香配伍的中成药竟有近三百种,而《全国中成药处方集》收集的是两千六百多种。近代研究表明它对治疗心血管疾病有特效,且是治癌药物。著名的安宫牛黄丸、片仔癀、云南白药等中成药都有它的成分!

记不清是在报纸或是哪个资料上,读到过一段故事,说是越战期间,美军大量采购片仔癀,发给作战士兵。因为在热带丛林中,毒虫、恶疮多,抗菌素对它们疗效不好,而片仔癀却有神奇的疗效。

刘先平

还有一件事值得一提。大概是上个世纪七十年代末，我们在新安江上游考察。

那次要到号称毒蛇王国的安徽、江西交界处，因而特意从蛇科所请来了蛇王老杨。老杨是专职捕蛇、养蛇的技师。

毒蛇王国中除了剧毒的金环蛇、银环蛇、眼镜蛇，最多的是五步龙，传说被它咬后，人只能走五步就倒。

那天，刚进入一片原始杉木林还不到二十米，蛇王已捕了四条五步龙。他捕蛇不用蛇叉，只是一个马步向前，眼疾手快，抓住蛇的七寸，提起往蛇笼里一掼。诀窍在于下手蛇的部位和拿捏时用力的分寸。抓蛇的部位不对，蛇可扭头咬；拿捏时力大，蛇会挣扎，甩尾缠腕；力小了，提不起容易滑落。

有位队员突然发现左前方盘了一条大蛇，正昂着粗壮的蛇头吐芯子，吓得连声大喊"蛇王"。但就没听到蛇王的应答。有个调皮鬼说："哈哈，也有蛇王怕的蛇！"

蛇王不能再装聋作哑了。跑江湖的人把"面子"看得重。

"我怕的蛇还没生出来呢！等我捉了送给你。"

但他一见那样的大蛇还是不敢疏忽，右手没有去捉蛇，倒是从内衣掏出一个纸包，然后小心翼翼地将里面的粉末往蛇头上撒。那大蛇倾刻委顿下来。蛇王这才伸手去捉。只见蛇一甩尾巴，啪的一声扫在蛇王的腮帮上，再一卷，缠到胳膊上。

蛇是抓住了，可蛇王胳膊上留下了血紫的印痕，半边脸都肿了起来。当天晚上他就走了，再也没有回来。

我问考察队的动物组老师那药是什么？竟有这样的奇效？他说："蛇王根本不会说，但闻到了麝香、冰片的味儿。"

我刚才也是凭着这一点相信草地上绝不是羊类，若是，屎壳郎之类的昆虫，把它的粪早吃了或把它推回家了。只有鹿和麝的粪，昆虫才不敢去碰它。

近两年的媒体报道的一件事，更是让世人大开眼界。凤凰卫视的女主播刘海若旅行英国时突遇车祸，伤情严重，昏迷不醒，被判定为植物人。迅速接回北京治疗，奇迹般将她从死神手中夺回——醒了，用的就是安宫牛黄丸。

麝香真是救命仙丹。

设想一下，若是没有了麝香，仅仅是对中成药的打击那将是多大！更别说对保护人类健康的意义了。

正一脚跨到沙梁下，想往上爬时，我突然感到脚下发虚，提不起。原以为是汗出多了，体力消耗大，发虚。

谁知脚像被什么捉住往下拽，身子往下陷，牛仔裤与沙粒摩擦发出咝咝声……

我心想：坏了！但多次绝境逃生的经验，使我没有惊慌，也没有再挣扎……

"快趴下，趴下！"大杨大叫——大约是看到了我的胳膊像神汉一样舞动。

我顺势将上身俯到沙上。

"小刘别动，站着！千万别动！"

两人都急忙向我奔来。

一阵扑啦啦声起，几只鸟儿从沙窝里飞起，从羽色、肥胖、臃肿得如葫芦的形体看，是一群沙鸡。

君早离我近，来得快，但大杨高喊：

"站住，千万别动！别害了你爸！"

他急得嗓音都变了调。

大杨连滚带爬赶来，循着沙上我的脚印，像是在布满地雷的区域中踽踽，小心翼翼，一步步接近。他突然俯身卧倒，抓住我的手。是心理作用，还是……我感到脚下不是那样虚了，但我不敢使劲儿。

刘先平

君早不傻，卧地抓住了大杨的脚脖子。

像是拔萝卜似的，我终于被拽出了沙的裹挟！

大杨的脸色煞白，坐到地上直喘气。

君早更是瘫倒在地。

我掏出了烟，要大家定定神。

吸了几口烟，我才喃喃地说：

"没想到下面是沼泽泥淖。谁想到沙漠里还有这样的陷阱？真是阴沟里翻船。"

大杨瞪了我一眼：

"你看看，鞋上有没有烂泥？"

真的，鞋子还算干净，只有细沙沾在白鞋帮上……心里顿生恐怖，比刚才陷进去时还要恐怖。

"难道真的是……"

"流沙！吃人不吐骨头的流沙窝。一定是！"

君早一骨碌爬了起来，瞪着惊恐的大眼。我却又迷茫起来……

大杨说了个令人毛骨悚然的故事：

我老爸说的。老爸是司机。

当年修公路时，在可可西里地区。

听说有次一共有五辆卡车运送物资。途中有辆车抛锚了，修车费去时间，天黑了，离兵站还很远，只好找了块平缓的地方停下。夏天，在一块避风的山崖旁，裹起棉大衣露宿。

早晨醒来后，大家都傻了眼，少了两辆车。

在这几百千米都见不到一个人的地方，谁来偷车？

再说，偷车贼总不能扛着车跑吧！要发动车，夜里气温很低，发动车困难，还要预热。

七八位大活人，还能全都睡死了？

司机们七嘴八舌嚷嚷。怪了，别的轮印都在，就那两辆车的轮印都没有了。

车主一个说我明明就停在这地方嘛。和他的车停在一起的说：还能是我脑子长虫了？只一夜的事，哪能忘得干干净净。出鬼了！

越是找不到车，越是推测着各种可能。在环境恶劣的高原开车，谁不是条汉子！渐渐，一种莫名的恐惧涌上心头……

带队的老师傅说，别大惊小怪的，我们人都还在，一个不少。上车，开出去再说。说了几遍就是没人上车。

老师傅定了定神，毫不犹豫地登上车，将车发动得轰轰响，呼啦一声开出。

眼看平安无事，这才纷纷上车。

那时，丢了两辆车可不是小事。

起初保卫科的干部怎么也不信，可几个司机都是经过多年考验的师傅。最后决定去找。

谁还能一口吞下两辆大卡车？

蹊跷古怪的事使保卫科干部多了一个心眼，跑到山里牧场上找当地藏民老乡做向导。听说是当向导都愿意；听说去找车，都摇头。

保卫科的干部纳闷了。最后一位藏族老人说：车压了魔鬼，魔鬼发怒，把它一口吞了。可可西里的格拉丹东是神山，不能打扰。

保卫科干部当然不信这样的话，心里却多了条毛毛虫。他硬着头皮去出事地点勘探。蛛丝马迹都没发现，只好作为悬案……

在反复调查中，听到了一种说法：那车很可能是陷下去了。可可西里是冻土带。不同的地理，冻土层的深浅不一，如果冻土层浅，下面是沼泽。车载重，在夏天，慢慢陷下去不是不可能的。是的，连个泡都不冒，上面又恢复成原样，就像是橡皮泥，再是……

信不信由你，那两辆卡车真的没了，再也没找到。

刘先平

流沙的事，我也是听老爸说的。也在可可西里。叫唤的狗不要怕，一声不响只瞪眼的狗才真厉害，等你看到它扑上来，就晚了！

流沙地和平常的沙地没两样，一只脚踏上去也平常，后脚再站上去，它立即变脸。越是挣扎，陷得越快。凭你力大如牛，也使不上半分劲儿。孤身一人，真是灭顶之灾……

大杨的故事，让我想起一九九九年四月在福建梅花山听到的一个传说：

梅花山是华南虎的故乡。我们要搜寻华南虎的踪迹，当然首选地就是要进入它的核心区，但是却未能如愿。原因是正值雨季，梅花山地形复杂，号称"梅花十八洞，洞洞十八洋，洋洋十八里，里里桂花香"。

谜语般的神秘。

直到我们在滂沱大雨中登上海拔近两千米的油婆记山顶，才窥视其一斑：山峰林立，湖泊沼泽遍布，森林蔽天。如没有相当的准备工作，凭我和李老师俩人，确实是无法进入。

朋友们还说了很多民间传说。

有一则是说梅花山有三位神灵把守。其中之一是形如晒谷篾席的怪物，它伸缩自如，卷起如圆柱，放开呈长方形。只要入侵者踏入，突然卷起，无论何物立即销声匿迹。

后来，在电影《可可西里》中，看到那位司机在流沙中挣扎，乱挥乱舞的双臂，直到渐渐沉沦的躯体……最后只剩下沙窝……我感到很冷，内衣湿透……这是一部纪实性很强的影片。

如果没有大杨老爸的故事，如果不是大杨处理得当，很可能我们三个人全都搭了进去，成为像彭加木那样的大大悬案。

两支烟抽完，大家也都回过神来，大杨说："回吧！"

我摇了摇头，反复查看刚刚被陷的那片沙地，想能找出一些特征，可是毫无收获。

我怀疑脚下发虚，是不是幻觉？在野外爬山时，出汗多、流失的盐分多，脱水后脚会发虚，也可能产生幻觉……我非常想了解真相，难道真有那样悬的事？想再去试试，看看究竟是怎么回事。

我仍然怀疑它只是一个稍深的沙窝，而不是吃人不吐骨头的流沙窝。因为在大杨拽我时，脚下似乎已不再那样虚……可是大杨和君早说什么也不同意冒那个险。

但我仍然采取了措施：一是尽量走台地，那是原生态区，即使有淤沙，也好判断；想方设法不再走像刚才遇险的地形。再是缩短三人相间的距离。

香料之路

继续上路，感到干渴难耐。空气灼热，肚子里的燥热往外直冒，内外夹攻，感到身体正在被缩水。

我走向一片较大的胡杨林，选了一皮色稍光滑的树，招呼他们过来：

"嗨，酒吧开张啰！别客气，品尝品尝大自然酿的美酒，免费！"

"老爸，是不是气温太高，又受了惊吓？"小捣蛋伸手就往我额头上摸。

我挡开了他的手，不管不理大杨满脸的迷惑，坐下，打开摄影包，取出照相机，从底部夹层中取出猎刀。

这是一把长十多厘米，宽两厘米多明晃晃的用锋钢打造的短刀。

"你还隐藏秘密武器？连我都被蒙在鼓里！"

"这是你二舅特制送我的，跟随我三十多年了，要不是藏得好，还不早就给你拿走了。"

小儿子最喜欢掏我的东西，对于利器，我当然要费尽心思藏匿。

三十多岁的人了，还是不改这坏毛病。当然也可以说是经不住诱惑，因为我和李老师每到一处都喜欢收存特殊的纪念品，如火山蛋、皇冠海螺壳、相思红豆……

"该不是割腕饮血吧？"

"胡说！都闭上眼……急令令，急令令，王母娘听着，请将玉液美酒送上……"

我举起猎刀，猛地发力，往胡杨树干上插去，再用力拔出……

好家伙，树汗如泉。我趴上去猛地吮吸，微微的苦涩，自有树木的自然清香，凉凉地润着喉咙，在心田里流淌，漫溢到四肢……

君早抢过猎刀，如法炮制，要大杨先趴上去，再给自己制造了吸口……

三个人如孩子般，使劲地吮吸着大地的乳汁……

"消渴、清热。美！实在是美！酷呆了！爽极了！跟着老爸饿不着、渴不着，感觉好极了！"

大杨一边擦着嘴角，一边嘿嘿地笑着：

"刘老师，我也算个戈壁、沙漠长大的，还是第一次尝到胡杨美酒。真的，不说假话，是真正的美酒，心里阴凉、四体畅泰。当司机在高原跑车，忍饥耐饿的本领有。这叫什么？对，野外生存的本事，还是要向你学。服了，跟你到哪儿我都愿！"

这倒说得我不自在了，说这其实是维族老乡教的。他们喜欢胡杨，做拉面，放点儿胡杨碱，韧性十足。做馕放胡杨碱，香味独特。做手抓羊肉，放胡杨碱，嫩滑爽口……

大杨问："胡杨碱是怎样做出的？"

我指了指胡杨树干上分泌出的结晶物：

"这就是胡杨碱。其实它是为了排除多余的盐碱。大漠中的植物，海边的红树林树木，都有排除盐碱的特殊功能。这还是味中药，《本草纲目》上有记载。"

他抠下一块，对着太阳一照："该不是琥珀吧？你看，是琥珀色！"

"琥珀还需要经过时间的陶冶。最好有只小虫子被裹进去。"

"还有什么可以充饥的？我已饿得前胸贴后背了。解了渴，馋虫就开始猖狂进攻。只解渴，不算本事。就是没想起喝过你从加拿大带回的枫树汁。要不然，开胡杨酒吧的老板就是我了！动动脑子吧！"

我说看你有没有口福了。信不信？沙窝里长有鲜美无比的蘑菇，再捡上一两只野兔、大沙鼠，那真是……我有意说一些奇遇，意在抹去刚才险情在他们心头的阴影。

上路吧！我们又都精神焕发，眼观四方，探索着前进。

是的，我非常想看到香麝，希望知道它们的生存状况。就在遇险流沙时，突然想起柴达木盆地曾是麝资源相当丰富的地方。

三十多年前，高中同班同桌胡姓的老同学，由于经历下放、家庭出身等，三十多岁尚未成家。亲戚介绍了一位姑娘，商定尽早结婚。但姑娘远在格尔木，要调回合肥，谈何容易？记得老同学把我找去，我哪有什么好办法？只能帮他出点儿主意，请他去找谁谁。

临走时，那位姑娘打开一个小包，里面有十来个黄褐色的圆袋袋，说是麝香。一定要送我一个。我当然不能收。

姑娘说，格尔木这东西很多，价格也不贵，也容易买。带这些来就是为了打关子用的。麝香的名贵，我还能不知道？但绝对不能收。她的举动，也突然使我想起《红楼梦》中，贾芸为了向凤姐讨个差事，只好向泼皮倪二借了银子，买了四两麝香、四两冰片孝敬凤姐……我心里更感到别扭。

曾几何时，在格尔木要见到香麝，已是千难万险了。人类的贪婪，竟是如此以怨报德，给自然的生灵带来如此的厄运！

由格尔木盛产麝香，我突然想起，中国尚有一条香料之路，毫

刘先平

不逊色于丝绸之路。只是这条香料之路已落满了历史的尘埃，很少有人知道。

早在两千多年之前，作为香料和医药的麝香已传入显赫一时的古罗马帝国，得到贵族们的青睐。据考证，那条香料之路是由昌都—拉萨—阿里到西亚。而格尔木正是内地至昌都、拉萨的口隘。据说马可·波罗曾以贩运麝香，为其家族带来了巨额的财富。

历史学家、民族学家、地理学家常说，一条大河就是一个文化带，如长江的楚文化、黄河文化、淮河文化等。大江大川是民族迁徙的走廊。

我常想：其实一条山脉更是一条文化带，是条生物走廊。没有山，哪有川，哪有江？我们这次不就是由水源而寻找山源的吗？在野外考察的时间愈久，这种感觉也就更为强烈。

就说这条香料之路吧。喜马拉雅、巍巍昆仑都是自西向东，到了川藏边，突然横断山脉相切，而其东到了新疆、甘肃、青海、四川，直向阿尔金山、祁连山、岷山、六盘山、秦岭、大别山逶迤。与麝的四个亚种分布区基本相应。

西藏的东南和云贵的喜马拉雅麝，基本分布在西藏的东南和云贵高原，到了青海和甘肃、四川，则是马麝的天下，秦岭和大别山区，生活的却是林麝和原麝。这就是麝香之路的生物走廊。地质学家已用秦岭、大别山所具有的昆仑山岩系，证明了它们是一脉相承。这也是激起我满腔热血走向帕米尔高原的动力。

动物香料比植物香料具有极大的优势，在四大动物香料中麝香为首，另有灵猫香、龙涎香、河狸香。

作为香料的麝香，素有香王之称。不仅芳香高雅、幽深，且有特殊的定香功能；只要有它的点化，香味即能定型，常久不变。即使在化学工业发达的今天，数百美元一瓶的顶级香水，仍然离不了麝香，如法国的夏奈尔五号。人造的和天然的香料天壤之别可见一斑。

多年前，我在海南岛考察时，热带植物园的主人曾送给我几只香草之王依兰香的初级制品，放了几年，拿出后依然清香幽幽。印象中，它似乎并不具备定香的功能。

可悲的，正是麝香的名贵，为它带来了厄运……

"刘老师……"

大杨压低声音在向我招手。那压抑中的喜悦，激得我一路小跑。

路标奇特

"你看这小树枝上。"

是根折断的树枝，上有异色，像是涂了一层蜡。这片小灌木和杂草较为稀疏。看这树显然不是小叶蜡树。小叶蜡树上生长一种蜡虫，蜡虫的分泌物称为虫胶，是一种天然化工原料，在云南、广西、新疆都有分布。

我弯下腰想凑到上面闻闻，可旁边的枝枝条条挡着，很别扭，几次都不成。君早伸手就准备折断树枝，我眼疾手快地将他挡住：

"别碰摸树枝！"

君早被呵斥得满头雾水。

我终于凑到了那树枝上，是的，确有一丝腥膻臭……

"不错，是它留下的。"

对于茫然的君早，我只好解释：

天下万物各有脾性，猎人常说"蛇有蛇路，鳖有鳖路"，指的就是要寻到猎获对象活动的规律。对善走喜奔的兽类，更是要了解它们的活动规律，这就是"路"的含义。

麝在平时，独来独往，只有到秋季交配时，雌雄才聚到一起。

刘先平

公麝的尾巴特殊，只在尾尖有一撮稀疏的毛，像扫帚一般。因为尾巴上分布了油腺，分泌一种油状液体，很痒，需要经常在树枝上摩擦——就像老鼠的牙齿，长得快，需要经常啮咬物体，也就是挠痒痒——既解痒，又留下了标志物。

这种分泌物又膻又腥，凝固后呈蜡状，被叫做"油桩"。这种"油桩"既是它的路标，也是它圈的领地，更是向雌麝传达信息的网站。这也正是猎人要寻找的麝"路"。

我巡视了油桩的附近，终于发现了草地的另一端有一条断断续续的路影子。指给大杨看，他会意地点了点头。

他的点头，像是在我心里敲起小鼓。对于麝的生活习性能了解得如此细微，这不能不引起疑虑，他是猎手？

我故意只对君早说："注意地下，看看有没有钢丝套。"现在，偷猎者已使用先进的钢丝套了——一根细钢丝挽成环套，固定在地下——制作简单、成效显著，只要有蹄类的动物踏上套住，不论公母大小，越挣扎，套得越紧。他们常常一布就是几百几千，几天后再去收获，破坏性极大！

"多虑了，刘老师。三十多年前，格尔木的香獐多，那时的麝香放在大街上摆摊卖。后来，麝香少了，价值逐渐高到与黄金同价，大批的人拥向林子，枪打、下套，真是无所不用，斩尽杀绝。任何一种动物也经不住这样的摧残！这不，你现在要想看到它，都要经过千难万险……那些贪得无厌的家伙，又专门去偷猎藏羚羊了！我们得抓紧时间，沿着这油桩向前搜索。"

我的话是试探，没想到大杨的话在我心里搅起更大的波澜。一九八一年，我在四川卧龙"五一"棚——研究大熊猫的高山营地，参加著名的动物学家胡锦矗、美国的夏勒博士的考察。

有天夏勒博士竟然捡到了四五只钢丝套，愤怒得脸都变了色。

后来才知道是偷猎者布下捕捉麝的。那是我第一次知道这种套子对野生动物世界的可怕。过去也只晓得猎人的吊弓、地弓，那都是需要绝对的聪明才智才能布设的。没想到谁发明的这种钢丝套却如此简便、残酷，难道这就是技术的发达对自然更具破坏性？

是的。大约是上个世纪九十年代初，安徽省负责自然保护的朋友告诉我，有几百个四川人进入了大别山区国家级天马自然保护区等地，布钢丝套捕麝，使安徽的麝资源遭到了毁灭性的打击……

但大杨说得坦坦然然，与不久前的心态发生了极大的变化。这是为什么？

我们向那条兽径的路影子走去。只一小段距离，又是大杨发现了公麝留下的油桩。

不久，我发现了两堆麝粪，每堆都有几十粒，捧起一闻，麝香悠然，神情一振。君早已抓了一把在手。

"你看，麝粪没哪个虫子敢惹，苍蝇都不叮。要不，屎壳郎早就把它推回家了。从粪粒的新鲜度看，是近一两天留下的，我们离它不远了。"

"它在那等你？"君早不信。

"舍命不舍山啊！"大杨说。

"没错。麝挑选了'家'，安了'家'，就非常恋家，只在家的附近活动、采食。和普氏原羚相似，早晨出来猛吃一餐，再回到'家'中休息，直到傍晚，再出来采食……"

"有几个临时住所，但家只有一处。"大杨说。

"猎人正是根据这一生态特点跟踪，麝在受了惊吓，两三天后还要回到这里。猎人就等候在油桩、粪堆形成的'路'边。"

"猎人智商不低嘛！"

"他们都是猎杀对象的生态专家，也就特别可怕！我们在野外考察，既离不了他们，又最怕他们，他们是自然保护事业的可怕对手！"在人类的早期，人也是野生动物，都是朋友。但人类是靠狩猎、采集成长壮大的，也是在不断扩大自己的需求中进行探索，使社会、科学等得到了发展，直到无情的掠夺危及了人类本身的生存发展，才意识到需要保护自然。猎人形象意义的变化，在一定的程度上折射了人类认识的变化。其中有很多让人感到困惑和费解……

我看到了两个较为新鲜、清晰的蹄印，已基本判别左前方的那片山崖应该是它安"家"的首选地。我招呼了大杨和君早，分配了任务，尽量分散，以免人多气味重，然后直插林缘与草地的衔接部。

奇怪，麝的踪迹消失了。别说蹄印了，连一个粪粒也未见到。

麝怀特技

再看大杨和君早那边，也都只在低头察看，似乎毫无收获。只是大杨较为沉着，似是胸有成竹。

君早动作的幅度加大，急得大杨连连向他发出暗号，要他轻点儿，再轻点。

我突然想起儿时在沙滩上捉鳖。

傍晚，用秧锹将沙滩拖平。

夜里，提着灯在湖边沙滩上寻找鳖上岸产卵的足迹。终于发现了鳖的足迹，心在怦怦跳。

突然，鳖的爬行踪迹消失得干干净净！怪呀，也没有退回去的痕迹呀？难道它会飞，会上天入地？

懊丧和焦急中，狠狠踢了一脚撒气……哈哈！一只大鳖随着扬沙在空中跌了下来！这家伙真聪明，居然跳了一大截，消除踪迹后，钻到沙窝中去了！一点儿不错，提脚撒气的就是个微微鼓起的沙包包。

梅花鹿在被猎人追急时，也会强行涉水过河，消灭踪迹。

当然，麝的一次跳跃不可能有十几米、几十米远，这里没有水溪、小河。但它肯定是走了一条更为隐匿的道路，或是尽量不留下可寻的踪迹。

太阳似乎加快了沉落的速度，大漠渐显昏黄，胡杨林里黄晕迷蒙，简直是橙色的世界，一切都是金黄赤橙的辉煌。

再去找它的家，守株待兔的意义不大，按它的生活习性，现在正是它应出来觅食了，若是受到惊吓，肯定要挨饿……

我向大杨打了个手势，要他撤出转向右边的草地。

离那片草地还有十多步时，突然听到几下异常的声音。我将手往下一按，要他们立即隐蔽，都伏到树根部。

将视野中的草地分片，眼睛都瞅疼了，还是什么都未发现。

难道是长时间的搜索产生的幻听？

我问大杨，大杨表示也听到了异样声。细细想来，那声音有些怪，不是与沙的摩擦，更不是风拂树枝的嚓嚓声……一时又还说不清是种什么声音……

大杨伸手去拿君早的照相机，见我看着他，又做了个手势，看我不明白，他才急着小声说：

"千万别拍照片，千万别惊动了它！"

说完，他用手指着在前方约二十米的上空……

那里只有胡杨的树冠、露出的一块块蓝天。胡杨的长势与我们沿途见到的也无特别之处：淤沙堆积，造成多数树身俯仰低伏……我们在它东边，阳光刺眼。

是发现了一只大鸟？还是……大杨看到了我转过头去询问的眼神：

"那棵胡杨，左边有两棵直直的，右边有棵像三角形的，它向左边歪，右边有一根枯枝……树冠伸出枝杈的地方……"

啊！卵形的胡杨树叶中，露出了灰黄色的毛衣，隐隐约约一只动物的形象渐渐显出，似乎是嘴唇的乳白色也露了出来……

唉！我怎么糊涂到忘了它具有特技？

是的，肯定是麝！

眼光渐渐适应，我甚至看到了它露出的向后弯曲的獠牙，乌黑油亮、充满警惕不安的眼睛，高耸的肥硕的臀部。

是只雄麝，麝的四个亚种中，马麝体形最大。在逆光中，它的每根毫毛都熠熠发光。是的，它如一尊沐浴着夕阳的金色的精灵，大自然的娇子！

它抚慰了我的心灵，在遭到浩劫之后，它顽强地生存了下来，它使它的种族依然占据着大漠，是火炬、种子！

"该不会是麝吧？它跑到树上干啥？不可能，它长了蹄子怎么可能上到树上呢？"

现在还不是向君早解释的时候，只是肯定是麝，要他注意观察！刚才，他就是费了很大的周折，才看到隐藏在树上的麝！

我明白了，那异样的声音，是蹄子踩在树干上发出的，也明白了大杨拿走君早照相机和不要我拍照，是担心快门响声再次惊动它，会铤而走险，从树上跳下……麝非常胆小、警惕……

"太美了！谁去伤害它们，就是犯罪！"

尽管我非常留恋它，尽管失去了看它怎样上树的机缘——是跳跃还是攀援——却非常想看到它是怎样下树的，但我还是……

"走吧，快点儿悄悄地走吧！"大杨近似哀求的声音，再次使我决心尽快地离开。

走了很长一段路，君早才舒了口气，又急于解开心中的疑团。

大杨说："它会上树！"

"猫会飞吗？怎么可能呢？"

"你不是亲眼看到了吗？听猎人说，它被狼追急了，猛地蹿到树上，狼急得在树下转。再弱小的动物，都有生存的本领，最强大的动物也有致命的弱点。"

君早用惊奇的眼神盯着他。

"版权不是我的，是一本书上写的。"

"你知道是谁写的……"

君早正要示意，我连忙打断他的话，说在听到异样声时，确实忘了保护区的朋友说的，有蹄类的动物中，只有麝才具有这样的绝技，即便是在鹿科动物中，也只有它身怀上树的绝技。这是它在残酷的生存竞争中学会的。今天才算开了眼界。

尽管君早已想起了猫科动物中，老虎不会上树，但猫和豹子却都有上树的本领，但仍然摇晃着硕大的头颅，感叹、唏嘘……

大杨突然站住不走了。

我发现他又把我们领回不久前发现"油桩"的草地。再看他东张西望的神情，好像是仍在惦记着那只香獐，难道是……我在他脸上审视。

大杨说："别急，我给转晕了，怎么又走回来了呢？"

其实，这时他内心的慌乱已在脸上挂不住了。

我赶快说："君早，看看走的路对不对？怎么又转回来了？"

似乎直到这时，他才从沉思中回到现实世界，只对周围看了几眼，就一拍脑瓜：

"不对，路走错了。怪我，只顾想心思。应该向左转，抓住那棵有三根枯枝戳天的胡杨走！"

大杨吃惊：

"来时从这边走过呀。"

"再要那样走，就岔了，转圈子了。我们来时是无目的地乱窜。天快黑了。"

沙漠里的黄昏是真正的黄昏，黄得浓稠而黏糊，是一片弥漫着黄晕的世界，像是在金色迷幻中浮沉。

大杨还在犹犹豫豫中。

"听他的，没错。这家伙，自小对方向就非常敏感。你看，他的头大，像装了个定位器。今天没他，我也不敢深入到沙漠的深处。"后来，我还真有些后怕，因为想起了南八仙的故事，想到八位地质勘探队员的遭遇……

终于走到来时的路上，君早很得意，我心里也踏实多了。

没想到正在惊奇的大杨，脸却往下一沉，语气严肃：

"小刘，回去可不能跟格尔木人说在哪里哪里发现了香獐！"没想到君早很强的方位感，却引起了他的担忧。

"怎么？你想专利？"

"是呀，你也喜欢打猎呀！"轻率的话一出口，我就懊悔不迭。没想到大杨不急不恼，坦坦然然地说："该是我把故事告诉你们的时候了。"

麝　啸

知青垦荒那段时间，没有书读。在这土地荒凉、文化荒凉的西部大漠中，我成了玩家，迷恋上了打猎。

开始只是好玩儿，年轻气盛，浑身力气无处使的年龄。一次打猎回来，经历了累、饿、危险，但释放了体内膨胀的能量，多舒坦！

猎物有的是，黄羊、沙鸡、野雉、兔子、旱獭、沙狐……

总是装满背篓。

后来，麝香的价钱比金子还要贵三四倍，在我们这地方卖不到这样，一只香囊大的有十克重，小的也有三四克，卖上个百儿八十

　　我巡视了油桩的附近，终于发现了草地的另一端有一条断断续续的路影子。指给大杨看，他会意地点了点头。

的没问题。那时，一家人全靠老爸开车，一月工资也不过七八十元出点头。有了这笔收入，日子也好过了。我就专门学着打獐子，只是在回程时，兔子、黄羊撞到枪口上了，才顺手捡回。

刘老师肯定知道，猎人从来不轻易传授经验，要当个好猎手，也不容易。好在年轻，能吃苦，脑子又不太笨，日久天长，总算有了些头绪……那份苦，到今天想起来，都冒水。

麝香价格越高，打香獐的人越多，香獐越难打到。这是一个怪圈。因为我有些诀窍，收成还不错。再说，我比他们好在常常可以搭便车，地域广得多。

那年秋天，在大漠里，跟上一只雄獐。从油亮亮的粪粒和"油桩"浓烈的臭味看，是个大块头，香囊一定大。

我心里高兴极了，就像看到了一块闪闪发亮的金子。

可这家伙难缠，留下了好几条"路"，我都给转晕了。

最后，总算是找到了它的"正路"。可刚拐过石崖，它就刺溜一声，猛地腾空，跳到几米外的山石上。枪都未来得及举，它已消失在乱石中……

就在它纵身跳起时，脊背上有块白斑明晃晃的，像是胡杨的叶子，从此，这块大白斑就印在我脑子里了。

过了三四天后，我又去了。

在半夜起身，想趁它出来吃草时动手。可等到九点多钟，也未见到它的影子。

我急得只好去探探那天它躲藏的地方，相信那是它的"家"，舍命不舍山嘛。它受了惊吓，算起来该回来了。

一看，就知道上当了。它的这个"家"太寒碜了，只有一个浅浅的土坑，垫了一些干草还有它落下的毛。显然这只是它的别墅。

香獐子只有一个主窝，却有四五个临时居所，窝的多少，由食

刘先平

源丰富与否决定。

　　它们聪明，总是给自己找几块草地，轮流着吃，也好隐匿。像这个大家伙，最少有七八处别墅。

　　那天，我发现了它的踪迹，它也发现了我，有意将我引到这里……犟脾气上来了，我和它较上了劲儿。隔三差五，我就去那里转一趟。终于，摸清了它的主窝——在一个很陡的山崖上。从哪边摸上去，不被发现都是不可能的。

　　这天，我在潜伏地，亲眼看到它只几个纵跳就下山了。是的，背上那块白斑清清楚楚，像是正午阳光下的一片胡杨叶子。

　　它到了草地，就钻进深草棵里，隐藏得很严实。但我还是从草丛的动静，看到它东张西望，又凝神倾听，直到感到安全才开口进餐。通常情况，我总是在獐子吃得津津有味时，才选择开枪的时机。可这家伙太精了，连一次稍纵即逝的机会都不给我。

　　我想：你总得回家吧！

　　不错，它吃饱了，迅速离开隐蔽地。

　　当它发现回家路口有人堵上，一撇身子就往山上跳……我早料到了这一着，也为它设计了陷阱。

　　果然，经过几个回合的周旋，它终于跑到了一块伸出的山崖上，向前探视一眼，不跑了。

　　只有片刻的惊慌，然后就威严地站立，回过头来看着我……

　　我心里乐得哈哈笑，嘿，猴子不上树，多打三遍锣！你也有马失前蹄的时候，惊慌失措中跑到了那块致命的石崖上。告诉你吧，那是我为你选定的。

　　我并不急于放枪，就像钓鱼时，一条大鱼上钩了却并不急于将它提出水面一样，充分享受着沉甸甸的鱼竿上的不断颤动带来的快乐……

突然，从左旁岩丛中窜出了一只野物。是谁在这时来瞎掺和？难道是它也看中了这只猎物？

等到我看清它也是一只香獐——一点儿不错，是只母獐——它已闪电般地跳上了山崖，直向雄獐扑去。

正当我惊愕得大脑一片空白时，只见雄獐龇牙裂嘴，连连踩足，那神情显然是不准母獐向前，且频频示意我的潜伏地。

可母獐毫不理会，只是向它跑去。直到傍到了雄獐身边，然后那双乌油油的眼睛，就毫无忌惮地注视着我的潜伏地，又似是在寻找我的眼睛。那意思是说：你开枪吧！

大漠一片寂静，没有风的拂动，没有鹰在高空巡视的叫声，阳光几乎也消失了，只有一片空白……

雄獐用湿润的长舌在母獐头上舐着，满含着温柔与感激。母獐也用急剧起伏的胸膛在雄獐身上摩挲……只一会儿，雄獐陡然变神，粗暴地将母獐推向一边，并低头用短剑般的獠牙威胁，撵母獐赶快离开。

母獐左躲右闪，就是不走！

雄獐愤怒了，猛然将獠牙刺向母獐的臀部，母獐疼得一哆嗦，猝然跑起。

雄獐猛叫，随后就追，直到母獐逃离在十多步开外，站在那里，悲伤而又茫然地注视着雄獐……

那是块断命崖，它平坦、斜斜地上翘，下面就是万丈深渊！

它站在崖上，没有了惊慌和恐惧，高昂着头颅，浑身闪着金色的光芒，那白斑像是野百合般耀眼。

雄獐深情地瞥了一眼母獐，又狠狠地盯了我一眼，慢慢地转过身子，向着高天，骤然昂首长啸，尖厉、高亢……

刘先平

震荡山谷，在大漠中回荡……

它提起后蹄，用蹄尖闪电般地轮番在肚子上搁挖。

天哪，那正是香囊的部位！鲜红的血花在阳光下飞溅，红得耀眼的血肉掉了下来。

它没有痛苦地尖叫，只是无比愤怒、疯狂地用蹄子践踏、碾搓掉下的香囊、血肉……回头狠狠地盯了我一眼。

那眼神怒火熊熊、充满仇恨、无比犀利，直戳我的心窝……

还未等我回过神来，它已向前纵身一跳，在天空留下一抹激愤的孤线……

英雄毁香投崖了！

母獐长嘶。

大漠顿时悲怆。

我瘫倒在地，大汗淋漓……

回家后，我在床上躺了三天，整整三天三夜没有合眼。

我将心爱的猎枪砸了，砸得稀巴烂！

……

后来，我参加了野生动物保护协会。

今天，当在草地发现香獐的踪迹，很兴奋，它的种群没有灭绝，正在恢复。我不想让你们去打扰它，编了各种谎话。拉出陷到流沙中的刘老师，我对你们有了新的认识，心灵有了相通……

在一份资料上，我看到了惊心动魄的数字：一千克的麝香，竟然平均要杀死二百只的香獐子！

在过去的五十年中，我国的中药生产每年大约需要五百千克至两千千克的麝香，那就要猎取十万只至四十万只的香獐！

可以收集到的数据，我国麝香的产量有一年曾达到三千千克，也就是说有六十万只的香獐子遭到杀害！

到了上个世纪九十年代，医药部门只收到一二十千克的麝香！

这是仅仅有资可查的数字，实际的数字肯定比这大。

麝香体积很小，便于携带，走私猖狂。仅在二〇〇〇年头五个月，日本就从中国走私了约七百千克。据估计，最高年份要达到两千千克！杀死四十多万只香獐。他们利用麝香制的中药，不仅高价售往各国，还向中国返销！

麝香给人类带来了福祉，可人类却使它万劫不复！你们肯定还要去可可西里，那里藏羚羊的命运着实令人担忧！

麝在野外生存的数量锐减，分布区大大缩小，成了极度濒危动物！就连我们这里，也很难见到香獐子了！

我们虽然已经采取了一些保护措施，但是保护和利用的矛盾依然没有解决。

现在，人工取麝香的技术基本成熟。我正和朋友们商量，筹集资金，计划办个养麝场……

他的故事，使我突然想起了创造世界彩陶巅峰的四千多年前的柳湾人，在地震、洪水中消失了。

柳湾人哪里去了？融入了中华民族的大家庭是肯定的。今天，在川西、川北还有古羌人的后裔，还有他们繁荣的村寨。

就在进入柴达木盆地的那天，在夜色渐浓中匆匆穿行于乌兰、都兰，考古学家已发现了建于公元六世纪的土谷浑王朝的宏伟墓葬。曾经辉煌一时的土谷浑王朝是被吐蕃王朝歼灭的。

土谷浑人哪里去了？肯定也是融入了中华民族的大家庭。

无论是天灾或人祸（战争），都无法将生命的纽带割断，正所谓"野火烧不尽，春风吹又生"。

麝的生命之悲壮、顽强，犹如天上的太阳和月亮。

我们苦苦追踪这只麝，是那样渴望着看到它，不就是希望看到

刘先平

087·

劫后生命之花的重新绽放吗……

大漠的夜色中，腾起了篝火，那样红、那样亮，如初阳……

那是老谢焦急的呼唤！

Damo Xiongshe

刘先平的作品以饱酣的笔墨、独特的审美视角，以惊心动魄的探险生活，展示了变幻莫测的大自然，展示了奇妙的野生动物世界……充满了阳刚之气，塑造了众多生动的形象，形成了巨大的魅力。

——张小影　中宣部出版局局长

藏羚羊是青藏高原雪山银峰中的精灵，它美丽、矫健……

可可西里的藏羚羊很神奇：它们以特殊的生物年——母羊们每年要历时数月、跋涉数百千米进行生育大迁徙——谱写生命的壮丽诗篇。

八月，正是母羊们带着新生的儿女，从北方向南方回迁的季节。

我们在格尔木等待着好日子，选择着奔赴可可西里探访藏羚羊的好机缘。

今日，高原无风。

莽莽昆仑，雪山银峰漫起了五彩云，蓝天溢满了祥瑞紫气。

人们驻足虔诚仰望，唤起无限神圣、纯净、敬畏。

昆仑山位于柴达木盆地南缘。

昆仑山是中华民族的龙山——飞龙磅礴，横空出世，浩荡两千五百余千米，宽三十余千米。平均海拔五千五百米。西自帕米尔高原，东接岷山，如脊骨挺立于中国大地。

刘先平

穿过昆仑山的门户格尔木，我们走向祥瑞，走向神圣。

看着青藏铁路格尔木枢纽站的铁轨，一直奔向蓝天白云的深处，耳边立即响起韩红的《天路》：

> 那是一条神奇的天路，
>
> 把人间的温暖带到边疆，
>
> 从此山不再高，
>
> 路不再长，
>
> 各族儿女欢聚一堂……

神泉·地裂

彩云已幻化为一抹绛红，在头顶的蓝天中舒缓悠然。山谷上空，迷漫起淡淡的紫色雾气。

车行九十来千米，宽阔的山谷中出现了小镇，名为纳赤台。

藏语中"纳赤台"意为沼泽中的台地。非常形象地表明了它的特征。

雪山银亮对峙，几条冰川耀目。雪山的融水在路左形成一片湿地，成群的牛羊在绿色的草甸上觅食。这片山谷享有盛名，建镇，是因为这里有股不冻的清泉，号称昆仑神泉。

神泉之上已建起小亭，石栏井口清泉喷突，形如莲花。凛冽清凉扑面，沁入心田。虽然因井口较小，难以看清泉柱的全貌，但依其涌突之势，其直径当有四五十厘米。老谢说每秒有二百二十四点七升的泉水涌出。老谢用茶杯取水，我们都抢着先喝为快。可他将杯高举：

"慢，别急，我有竞猜的题目，谁答得对，这就是奖品。"

真有他的，是貌似忠厚，还是因到了大自然，童真骤发？他在格尔木还是个不小的领导干部，现在哪里还能找到他在办公室给我们的印象！

在这八月的盛夏，平时君早喝的水就比我们多，又面对如此的名泉，可想他的渴望。

但他刚要张口，老谢却说，在这海拔四千多米的高原，终年不冻，四季喷涌，只是此泉神奇之一。这条已明示了，不算。它最少还有其二、其三。

"这有何难？"君早也学着老谢的腔调，"其实你已说了其二的一半，即在这昆仑山上，冬季气温常在零下二三十度，极端气温可能降到零下四五十度，雪山当然没有融水，连河流都冻得坚如磐石，那么这泉水是从哪里来的，照常喷涌？神也！谢老师，这口水我喝定了！"

人高马大的君早，伸手就去抢杯子。老谢只是中等身材，急得踮起脚，欲向上蹿：

"犯规了，犯规了。还有其三。赶快。当然，这条能答出来也算你小子不简单……上阵还靠父子兵嘛，老刘快出场。"

我仍笑而不答，故做了然于胸状。君早只是眨巴着眼，冥思苦想，又一脸的无奈。

"胖子，其实，你已经说到边边上了，再想想，这水究竟是从哪里来的？"

"还真能是王母娘娘瑶池的琼浆玉液？"

他的揶揄，却得到了老谢的赞赏，把杯子递了过去。

满脸茫然的君早一反常态：

"你唬弄人，那是神话，是传说，不算不算！"

"听我慢慢道来，"老谢又恢复了忠厚状，"据科研人员说，这泉水在地层已迂回曲折走了几千里的路，最少经历了几十年、几百年、几千年，才寻找到了这个通向人间的出口。难道不是神仙的瑶池贮藏？否则，在冬季地表怎么可能有水补给？"

"有人研究这泉水的来历？"我也被说动了。

"还能无中生有？要不怎么叫神泉呢！"

红帽背包客悠然浮现在脑海。我想起他在盐湖说的那块其大无比的隔离板块——将地层深处的淡水湖与其上的盐湖隔开，保存着各自的纯洁。难道这神泉也是由雪山冰水在漫长的岁月中，涓涓汇聚，成为地下湖，再喷涌而出、四季不绝？

"老爸，不好意思，总想给你多留一点儿，就是肚子不争气，像有台抽水泵……爽，真爽！"

接过杯子，只剩下一个底子。我慢慢地吮了一口，甘洌浸遍五脏六腑，通体舒泰……

老谢说："经化验，此水为优良的矿泉水，属重碳酸化物钙镁钠型水，含有对人体有益的多种微量元素。你们看，那边就是矿泉水厂。"

君早已将车上带的矿泉水都拧开倒了，用来装从泉口取的水。老谢连忙说："胖小子，你倒掉的就是这个厂生产的水！君早不理不睬，只顾装水。

我突然灵机一动，大步走向车子，取出水瓶，将热水倒掉，再装上昆仑神泉……

不知什么时候，天已变色，漫布起灰灰的云，敛收了灿烂的阳光。我后悔没有拍雪山冰川的照片。老谢说，赶快拍吧，说不定回来时下雨下雪呢！高原气候多变，说变就变！我只好将就着拍了几张。后来，却异常感谢老谢的忠告。

到达玉珠峰时，云缝中竟然洒下了阳光；尽管那阳光失去了阳刚，显得柔顺，但海拔六千一百七十八米的主峰还是异常雄伟；冰川浩荡，如登天银梯，探视着云端。神话中，玉珠峰是玉皇大帝妹妹玉珠的宫殿。

山脚卧着几顶蓝色和红色的帐篷，是登山营地。玉珠峰虽然伟岸，但山势较为平缓，是开展大众登山的理想场所。每年都有来自全国的登山爱好者齐集这里，与雪山约会，用魄力和意志表达对大山的崇敬。与玉珠峰遥遥相望的是她的姐妹峰玉虚峰，玉虚峰云遮雾罩，更显其神秘。

刚拐过一个山弯，车却停下了。老谢说此地不可不看。

这是一处普通的山间谷地，草长得稀疏矮小。山体只是比别处显得有些凌乱，大石散漫其间，石色浅褐；不像我们在大柴旦去温泉路上见到的黑石，细细看去排列有其规律；这里一点儿秩序也没有。这里更未见到特殊的景观。

老谢刚要开口，我说："你不是还要用启发式吧？"

噎得他只好耸耸肩。

发现山脚有条地沟，总有两米多宽，蜿蜒很长，很瞩目。

是战壕？谁到号称生命禁区的地方打仗？

水渠？不，在这高山上，在这荒凉的深山根本没有耕地。再说，这地沟也毫无人工开凿的痕迹……

"别下去！千万不能下去！你知道下面有多深？真是个又愣又憨的傻胖子！"

原来君早沿着地沟察看，正想跳下去……

老谢变了调的喊声，惊得我一个激灵：

"是大地震留下的地裂？"

"谁还能有这样大的威力？这条地裂有三十多千米长，到现在还张着大嘴。这是二〇〇一年8.1级大地震的杰作。目击者说，当时，河里的大石飞了起来，水如喷泉狂蹿，泥浆迸射；山上的岩石飞了起来，飞蝗乱舞；山摇地动，响声隆隆，天翻地覆……"

刘先平

君早惊愕得站在那里。

我怎么忘了青藏高原是最年轻的高原，是印度板块与欧亚板块冲撞的产物？但即使我没有忘记，眼前的地裂还是摄人心魄！

我想起二〇〇〇年在云南的虎跳峡。虎跳峡在玉龙雪山和哈巴雪山之间，是长江上游最为险绝之地，落差大，水吼雷鸣。我们站在玉龙雪山，看到对面的哈巴雪山显出巨大新痕的山体，很奇怪。

保护区的朋友说，那是一九九六年大地震时，山岩崩塌留下的。那崩下的山体落入长江，江水随即断流，高峡出平湖。没一会儿，下游江底就露出了。落差几十米的虎跳峡激流用了四十分钟，才将乱石冲开一条窄路。

今年，才将水道全部打开！用了四年时间啊！

突兀的巨石、成堆的乱石虽然被激流推到了岸边，但仍触目惊心！大自然就是这样活动着自己的身躯！

长江源头的格拉丹东，就在我们正行进的这片大山的南端。黄河的源头，在大山的北面。

昆仑，创世纪传说的根基

"昆仑山口"石碑屹立。

昆仑山是神话的故乡，是中华民族文化的源泉。有人将中国的神话分为两大支：昆仑系、蓬莱系。其实，蓬莱系的铁拐李等八仙与道教又有着千丝万缕的关系，而昆仑即是道教信奉的道场，仙境。

后羿射日、嫦娥奔月、精卫填海、大禹治水、孙悟空……这些中国人如数家珍的神话都源自于昆仑。主神是西王母，她居住在昆仑山。有人说，神话是高山大海中出现的一些奇异自然现象，如云雾迷离、海市蜃楼等，使先人们感到迷惑、神秘，当做了人间的另一世界，于是产生了神话。

其实，自然界的奇异景象，只是为神话提供了故事的背景，其主角还是神。这个神是"人"的神化。

正如昆仑神话所表达的，还是大自然和人的关系。如后羿射日、大禹治水是两个典型的例证。

后羿射日的故事，是说天上有十个太阳，烤得大地焦煳，河流干涸，人们无法生活。英雄后羿弯弓发箭，射落了九个太阳，从此四时八节寒暑相宜。

大禹治水的故事，是说洪水漫天，民不聊生，英雄大禹开山辟崖，导水于大海，使人民安居乐业。

无论是后羿或大禹，都是为了生态的平衡，人和自然的和谐。人类原本属于自然，自然孕育了人类，为人类提供了生活的舞台，为一切的生命的故乡。这种朴素的生态观、追求人与自然和谐的思想，是中华民族文化中最富浪漫的关于人和自然的篇章，在世界文明史中犹如璀璨的明星。

世界上每个民族都有创世纪的传说，用最为丰富的想象力、美丽的故事，生动地讲述着生命、宇宙的起源；回答着千古以来的命题，形成凝固民族的力量，铸造民族的精神。

中国的创世纪传说——盘古开天辟地，家喻户晓。

相传无天无地之时，混混沌沌，宇宙犹如一个大鸡蛋。其中有位大神，名叫盘古。他在蛋中沉睡了一万八千年之后，醒了。就在他醒来的刹那之间，开辟了天地：清浊两气分离，阳清之气蒸腾，升华为天；阴浊之气沉落，为地。盘古日高一丈，天随之日高一丈，地随之日厚一丈。又经历了一万八千年，随着盘古增长，天地之间已相距九万里。

刘先平

最奇妙的是，盘古死后，他的气化为风化为云，声音化为雷霆，左眼化而为太阳，右眼化而为月亮，四肢化成四极，五体化为五岳，筋脉为地理，血液成江河，肌肉为田土，发丝为星辰，皮毛为草木，齿骨为金石，精髓为珠子，汗流为雨泽。盘古身上的各种小虫，被风那么轻轻一吹就变做了人类。

这个美丽的故事，将人与自然、天地万物通通融于盘古一身。或者说，人与自然、天地万物都来源于盘古一身。这宣示着人与自然原本是血肉相连的整体，所有的生命也都来源于一个整体，"人"也只不过是这个神圣整体中飞出的小虫，没有任何理由妄自尊大、随心所欲。换一种说法，如果缺少了四肢或是一根发丝，那就伤残了盘古的整体！中华民族的创世纪之说，以无比深刻的哲理、智慧，在世界独树一帜！

这在今天，不禁使我们想起了现代宇宙学说中的某些观点。科学家们曾为宇宙究竟诞生于二百亿年前或一百亿年前热烈争论，最后趋于一百三十七亿年前。宇宙起源于大爆炸也可算是公论，说是有个"奇点"——"一个悬浮在漆黑无边的虚空中的孕点"。这个"奇点"没有方向，没有时间，没有距离。在某一时刻它突然爆炸了，但这个爆炸却是在极短的时间内完成的。短到什么程度？据科学家的演算得出的结论是：一千亿亿亿亿分之一秒。如果来个"牵强附会"的话，它是否有点像是盘古醒来开天辟地的刹那间？但就在这一千亿亿亿亿之一秒中，"奇点"有了无法想象的空间。在不到一分钟，宇宙的直径已有三万一千六百亿千米。三分钟以后，百分之九十八目前存在的或将会存在的物质都产生了。

老子认为万物来自于道，道生一，一生二，二生三。关于这个也是看不见摸不着却又存在的"道"，让我们也来一下"牵强附会"，是否很有些像是"奇点"？

南极、北极的"极点"，不也是没有方向、没有距离、没有时间的吗？

　　但是，数千年之后，祖先的子孙们，为了贪婪，为了物质的享受，忘却了祖先的训诫，无情地向大自然索取，在盘古的身上拔齿挖肉……

　　另有故事，说盘古死后升天成为玉皇大帝，令其女（或孙女）西王圣母为主管昆仑神。在我们从青海湖到德令哈途中堵车处的关角垭口，即是她的诞生地。诞辰日是每年农历的七月十八，每年的八月初八，各路神仙都齐集瑶池，举行盛大的蟠桃会为其祝寿。

　　这个瑶池，据老谢说就在不远处的野牛沟，昆仑河源头的黑海。野牛沟至今还留存有古人的崖画。

　　在《山海经》中，西王圣母还是"有人戴胜，虎赤，有貌尾，穴处"半人半兽的形象。请记住，神话中的"兽"是有灵性的，上古时期，很多部落和民族都是以动物作为图腾的，是与人有着同样的甚至还要高的尊严。

　　无论是从地质学或历史或神话的角度，都有理由认为当年的昆仑山定然是奇花异草、佳木珍禽繁荣，湖光山色极美，是生气勃勃、生态良好的人间天堂，也即道家所追求的"仙境"。如果不是这样，西王圣母哪来蟠桃，哪来盛宴？

　　老子的《道德经》，作为五经之首的《易经》，是中华民族的文化瑰宝，其深刻的思想内涵，至今仍是世界上的热门话题、研究的对象。如德国数学家莱布尼兹曾用易经八卦原理，发明了二进位制，从而才有了电脑时代。他们的宇宙观，天、地、人浑然一体，天人合一的和谐，动态的生态平衡，充分展示了中华民族文化的光辉灿烂，从一定的意义上说，是人类发展的指路明灯。

　　这在后工业化所引发的环境危机的世界，更有其重大的意义。世界上越来越多的学者，希冀从其中找到拯救环境危机四伏的当今

刘先平

世界的济世良方。我坚定地认为：只有生态道德的建立，人们有了生态道德的修养，以其自律，才有可能达到生态文明。

道教奉老子为教主，奉《道德经》、《易经》为经典，继承了中华民族的优秀遗产，主张天人合一，人与自然的和谐。道教讲究修炼，目的是得道成仙。

何为"仙"？说得简单一点儿，长生不老，自由快乐的人为仙。《说文解字》中将"仙"解为"仚"，人在山中即为仙，或山上的人即为仙。

如何修炼成仙？一是炼丹、服丹，一是在自然中。何为"仙境"？从道教著作中对仙境的描述不难看出，所谓仙境即是生态良好之地，鸟语花香，林木茂盛，人们心地善良，一切生命平等，人与动物和谐相处……总之，是集人间美好之大成吧！没有"仙境"，人不在"仙境"中修炼，那是不可能成"仙"的。

莽莽昆仑，雄伟壮丽，成了中华民族的创世纪之说的根基。她的遥远，山川的阻隔（除了青藏路的两旁，绝大部分至今还是人迹罕至），无限的神秘，成了神话的故乡。她原始的生态，成了道家修炼天人合一的道场……

在今天，昆仑山口的石碑更有着新意——生态道德。它警示着人们继承民族的优良传统，热爱自然，保护自然，保护我们的家园，天人合一。

思绪很自然转到玉皇大帝将七彩藏宝图失落在昆仑山的传说，如果只有七彩宝藏，而无七彩的人生，宝藏还有意义吗？

山口的南侧，还屹立着一座石碑，是为藏族优秀儿子杰桑·索南达杰建立的纪念碑。飘扬的彩色的经幡犹如花环，寄托着人们缅怀这位为保护可可西里的野生动物世界捐躯的勇士。

过了山口，就是可可西里自然保护区了。

杰桑·索南达杰永远屹立在可可西里的大门，守望着身后无尽的草地、山原、原始的自然生态，野生动物的王国。

小鸟和老鼠同住

昆仑山腹的谷地越来越宽阔了，虽然两侧银白的雪山相看不厌，但平展的高山草甸，绵延的青藏铁路，常常使我们忘记正行进在海拔四千多米的高原。

"老爸，快看。停车。看那边……"

张师傅是位老高原，在青藏线上跑了二三十年，但君早的惊叫还是让他停了车。

没有看到什么奇异的事。

君早更急了：

"右边大约五十分米的草地，旁边有一水凼。两点钟方向。有个小土堆，东边有个洞，注意洞口……"

"你不会把旱獭当狐狸吧？"老谢说。

"哪能呢？看呀！"

虽然还有着一段距离，我找到了他说的那个洞口。土堆是黑色的，已报出了主人的身份。再说，洞口并不大，不可能是旱獭或狐狸的洞穴。即使是旱獭，它也会立起前半身，瞪着乌黑的眼睛，好奇地瞅着你，滑稽又可爱，根本不会立即钻进洞中。

大自然中千奇百怪的景象，使我没有立即说出它的主人，也想看看那洞里究竟隐藏了什么奇妙。

虽然是八月盛暑，高原的风还是凉飕飕的，张师傅有些焦躁。就在老谢也是满脸狐疑时，洞口出现了一个黄褐色的小脑袋，接着窜出了一只小兽，站在洞口，向这边眺望。

"嗨，你这个胖子，真是大惊小怪，不就是老鼠吗？只是面相古怪，像是兔子，叫鼠兔。是高原草地常见的。值得这样惊天动地？"

刘先平

"老鼠我能认不出？这地方有会飞的老鼠？就是那种叫鼯鼠的？"

"没有，在这样高海拔的冰天雪地中怎么可能！"老谢不容置疑。君早迈开大步向那边走去，那鼠兔立即缩回洞中。不一会儿，它又钻出来，两只后腿立起，直着身子盯着接近的君早，看他没有停步的意思，吱吱地叫起。不远处，居然也有了动静。它在向同伴报警。

就在它又缩回洞中，我正想喊住君早时，突然一只动物窜了出来，展翅扑扇飞起，翅上的一块红斑像一道彩霞——是只小鸟！

这个"包袱"抖得精彩极了！

"嗬，我只听说高原上鸟鼠同穴，今天才亲眼见到！胖子，给你记一功！"

"你是在说童话吧？上小学时，老爸的朋友送了一只画眉给我，每天早上，它一亮嗓子我就起床，婉转嘹亮的鸣唱，到现在还时常响在耳边。有天夜里，它被钻进笼子的老鼠吃了。我还哭了好几次呢！刚才就是看到有东西飞进洞才奇怪的。"

"老鼠捕鸟我也见过。但这是高原，高原上特殊的生境，往往有特殊的状况。你们内地发洪水是因为连天的暴雨吧？高原上发洪水是连续几个大晴天闹的——雪山融雪的速度快了。"

我示意仍然偏头瞽脑的君早注意那鸟。它并未远去，只是在洞的上空盘旋，鲜艳的红斑画着圈子，盘旋的直径一会儿加大，一会儿缩小。

直到君早退回到车边，它才呷呷地叫了两声，鼠兔立即从洞中钻了出来。

"它是在帮着巡逻、侦察？"

"像是。"

"这苦寒的高原，别说没有大树，连灌丛也没有。昼夜温差又极大，鸟儿到哪里栖身？……鼠兔居住在地下，只能靠小鸟在空中侦察，取得情报。倒像战争中步兵和空军的关系。哈哈，它们是互惠，时髦话叫'双赢'！这是特殊生态环境中形成的。谁说动物没有灵气？"

"孺子可教，孺子可教！你还没说鸟还帮老鼠捉身上的跳蚤呢！"张师傅早已下车，兴致勃勃凑到了我们的身边。

其实，我数次到青藏高原，也是第一次见到动物行为学家所说的鸟鼠同穴。动物间的互惠，动植物之间的互惠共生，颇有哲学的意蕴。我在西双版纳的热带雨林中看到一种黄色的，很小，肉食性的小蚂蚁，大树为它提供了居所，它为大树消灭害虫。很多植物为了繁衍后代，想方设法用自己果实的芳香和甜美，引诱动物，动物们在大快朵颐之中，实际上承担了农夫播种的任务……生命之间互惠的关系，在对立的生存竞争中，营造了和谐与繁荣。

鼠兔主要在地下打洞，啮食草根。推顶出来的泥土，成了寸草不生的黑土堆。鸟的主食是昆虫，或植物的种子，它们没有食物之争。那只小鸟结束了巡逻，落在洞口附近，只是随意地啄食几口。

天色突然变了，雪山那边的云向谷地的上空倾泻。没一会儿，光线立即暗淡了下来。师傅催促我们上车。

一阵冰豆击来，响起噼噼啪啪声。

"小鸟该进洞了。"君早刚喃喃低语。

雪花已经漫天飞舞，雪片真大、真白。师傅立即打开车灯，启动雨刮。

气候的急速变化，引得第一次到高原的君早滔滔不绝：昆仑山口观看八月飞雪，是颇有吸引力的旅游项目。盛暑我们在雪中行车，也应是一景吧！真该拍张照片。

富有高原行车经验的张师傅没有满足他的好奇，因为今天的考察任务是异常紧张的。很多的事可遇而不可求。谁知道这雪还要下多久？藏羚羊、野驴、野牦牛是不会在那里等我们的。

刘先平

可可西里在蒙语中是"美丽的少女的意思",也有人将其译为"青色的山梁",表明了蒙古族的兄弟曾生活在这一区域。

可可西里国家级自然保护区的范围,西至青海与西藏的省界,北至昆仑山脉的博卡雷克塔格山,东为青藏公路,南接唐古拉山,面积四万五千平方千米。平均海拔四千米以上。

其实,可可西里的地域要比这广袤得多,从地图上可可西里山的位置看得很清楚,一直延伸到藏北高原。野生动物王国更包括了阿尔金山。这一地域,也是世界上海拔最高的野生动物王国,原始生态区。这里有哺乳动物三十一种,属国家一级保护的有藏羚羊、野驴、野牦牛、雪豹等。高等植物二百一十种,其中八十四种为高原特有种。鸟类五十三种。其特点除了高原性之外,再是野生动物种群多、数量大、特有品种多。可可西里雪山连绵,仅保护区内,冰川面积就达一千八百平方千米。雪山冰川的融水造就了星罗棋布的湖泊、纵横交错的河流。一平方千米以上的湖泊有一百零七个,二百平方千米的湖泊有七个,湖泊总面积达三千八百平方千米。青藏高原被称为我国的水塔,她的生态保护与长江、黄河有着血肉相连的关系。

正像青海湖一样,引起世人注目的,并不是因为她是中国第一大湖,以及她的蓝色的美韵,而是湖边面积只有零点二七平方千米的鸟岛。可可西里首先引起世人注目的,并非因为她有少女般的美丽,青色山梁的雄伟,而是野生动物王国中的精灵——藏羚羊!

人们总是首先关注着生命。高原生命的很多奥妙,极具科学价值。比如说空气中的含氧量只有海平面的百分之三四十。由于缺氧,人们在这一区域活动,往往感到呼吸困难,头痛欲裂,恶心,有人称之为生命的禁区。但高原动物经过漫长的进化,不仅适应了苦寒少氧,而且把这一地域营造成乐园。就说藏羚羊吧,它奔跑的速度可达到每小时七八十千米!野牦牛更是体重可达五六百千克!它们是如何抗缺氧的?

对植物说来也是如此,科学家已从一种生活在高原的红锦天中发现了一些奥妙，用它制成抗缺氧的药物。在西宁时，朋友就送了我们几盒。

但是，藏羚羊引起世人注目的，是其悲惨的命运和生存的状况。它和麝的命运有着很多相似之处。麝是因为具有宝贵的香囊，藏羚羊是其绒毛具有极强的保暖性、轻盈柔美，得到了西方贵妇人的青睐。一条重只有三四百克的披巾或围巾，价值高达数万美元。

于是犯罪分子组织了武装盗猎，利用现代装备，一次就屠杀成百、成千只，惨不忍睹。由于地域的广阔，又基本上是无人区，保护工作尤为艰难，几年下来，致使藏羚羊的种群数锐减。人们以焦急忧虑的心情注视着反盗猎的进展，采取了各种援助的措施，实际上是一场尊重生命、生态道德的启蒙。

因为受到装备的限制，我们只能沿着青藏公路进入可可西里。实际上就是沿着它的东界行进。青藏铁路的这一段已铺好了轨，灰色的路基伸向远方。

雪还在飘舞着，草滩上斑白，植物较为低矮。虽只是八月，但有的已经枯黄，在雪地中很显眼。水沼星星点点，小溪断断续续。

前方，出现了一排高高的金属圆管，在这昆仑腹地的莽莽荒原上，非常夺目。难道要在这里兴建大型建筑？或是大的宾馆前的旗杆？不像，旗杆没有这样粗，目测它的直径应在三四十厘米。再说，这里怎么可能有大型建筑呢？正在猜测之间，老谢已让车停下。

雪已小了。君早第一个跳下车，他当然看到了老谢期盼提问的神色，可他只是打量着金属圆柱，又看看地面，用手抚摸着，还用力摇了摇……

我突然想起那年从新疆库尔勒到巴音布鲁克的路上，在一达坂转弯处，突兀矗立起十几根水泥柱子，高十多米，张起黑色的尼龙网，网眼不大。朋友老梁要我们回答它是做什么用的。那时，正是偷猎猎隼的高峰期，它又很像捕鸟网，但显然不是作捕鸟

刘先平

103

用的，其一是它的造价不菲，再是谁敢为此明目张胆！百思不得其解……

老梁得意地揭开了谜底：防雪墙。这里冬季大雪，达坂上更是厚雪阻塞了道路，推雪机又不能及时赶来，交通就断了。防雪专家终于利用空气动力学的原理，研究出这个简单、非常智慧的办法——黑网改变了雪花飘落的方向，离开了公路，保障了畅通。

这些金属圆柱的作用，究竟是什么呢？这一段总有十几根，离路基近，有的地段还排列在路的两旁，又还是金属制品……飞舞的雪花落到上面就融为水了……突然，电光火石一亮……

我对君早瞅了一眼，等他注意力转向我，然后使劲儿跺了跺金属圆柱下的土地……

他还是有些茫然。我只好说：

"这里是冻土带……"

"是散热器？冻土层的空调？防止夏季气温高、冻土层解冻翻浆？保护路基！"

"谁说一胖就傻？对了。用它把地下升高的温度散发到地面，使冻土不融。算是一大发明吧！青藏铁路是世界上海拔最高、最长、施工难度最大的建设项目，冻土带出了很多难题。可是，这金属柱子不便宜啊，听说一根就是一万元！"

司机张师傅向我们示意，右侧远处山谷中有一大一小棕色的点子，正在雪地上慢慢地移动。

藏羚羊带着孩子回迁

君早连忙去取望远镜。老谢说，那肯定是棕熊妈妈正领着孩子散步。

"真肥。屁股都长圆了，比我还肥。还是第一次在野外见到这家伙，晚上就打电话告诉我儿子。怎么还没看到藏羚羊？"

老谢说，别急，看到时你别手忙脚乱就好了。这个动物王国里还有野驴、雪豹、野牦牛，都是顶级的珍贵稀有动物。野驴会排队和你赛！

到达格尔木后，我曾去拜访了可可西里自然保护区管理局。真是不巧，又和才嘎局长失之交臂。在西宁，朋友安排了一次聚会，他刚进门，就被人拉走了。仅只一眼，这位康巴汉子坚毅的面孔已留给我很深的印象。小刘接待，他介绍了很多情况，说："你们来巧了，八月中旬正是产崽的藏羚羊回迁，在路标2988千米至2998千米处很容易看到。大前天，我就观察到了一千多只……"

这时，来了一批从全国各地赶来参加保护区巡护的志愿者，刚下火车。小刘要去安排。

今年安徽省也有一批志愿者要来，我也想去看看到了没有。

雪停了，空旷的山间平地安详、平和，群山静静地屹立。我只是注意着路标上的公里数。

又下起了小雨。正当我目光迷离时，突然听到张师傅说：

"左边，左边！"接着是刹车声。

啊！五六只黄褐色的羊，正在三十多米开外的洼地中吃草，两

刘先平

只小羊在嬉闹，一会儿用头顶，一会儿相互追逐。

"藏羚羊！"

不敢靠近，也顾不得风吹雨打，只是注视着这群高原精灵：雨中，它们毛衣泛着红色，体长大约一米二十左右，肩高八十厘米上下。头宽大，母羊头上没有叉角，上唇宽厚黝黑，这种黝黑占了整个眼下的三角区，黑鼻头鼓胀，有些像蒜头，但鼻孔几乎垂直向下，鼻端被毛，这是适应奔跑进化的产物；两只眼睛乌黑晶亮，别有神采。这一切，使它显得具有一种高原特色的美艳！

显然，是母亲带着孩子从产崽地北方回迁，已越过了青藏公路，正等待着越过青藏铁路回到南方。铁路在南边六七十米处。那里的路基已留有一排桥洞，是专门留给藏羚羊的通道。

反复搜索了附近，确实再没有其他的羊群后，心却立即揪了起来，五只母羊却只带了两只仔。按理，少了三只。是产后或是途中夭折？产崽后，又要历经几百千米的跋涉回迁，途中遇到狼群、雪豹那是难免的，尤其是盗猎分子的猖狂；但不足百分之五十的成活率还是太低了。

雨越下越大，羊群的毛色更红了。我还是第一次见到野生动物的毛色随着雨水变化，这难道是因为高原特有的环境造成的？

老谢催促我们回到车上，说是淋湿了容易感冒。在高原感冒的危险我很清楚，但仍不愿离开近十年来常常牵挂的、刚刚结识的高原朋友。

张师傅发话了：离楚玛尔河不远了，那边正是路标 2988 千米至 2998 千米。河谷地带是藏羚羊迁徙的大通道，常能看到几百只的一群。

是的，那天，保护区管理局的小刘说观察到了一千多只的群体，就是在楚玛尔河。

　　正像青海湖一样，引起世人注目的，并不是因为她是中国第一大湖，以及她的蓝色的美韵，而是湖边面积只有零点二七平方千米的鸟岛。可可西里首先引起世人注目的，并非因为她有少女般的美丽，青色山梁的雄伟，而是野生动物王国中的精灵——藏羚羊！

我将希望寄托在楚玛尔河。沱沱河、楚玛尔河、当曲是长江源头的三条重要的河流。当曲、沱沱河为南源，楚玛尔河在它们的东边，是北源。它从多尔改错湖出来之后，大致流向东南方向，穿过青藏公路之后，注入通天河。

到达了楚玛尔河大桥时，雨很大，车在长长的桥上慢慢行驶。

迷蒙的雨中，楚玛尔河河谷格外宽阔，沙洲将大河分成了数十条水流，上游更是水系如辫，岸边堆起无数的沙堆。那不规则的沙洲，使河流错综复杂，黄沙与清水组成了一幅幅令人难以忘怀的景象。可可西里的核心地区，据说是极干旱的地区，每年降雨量只有二百毫米左右，形成大片的盐碱地和沙丘。每年高原上强烈的西北风，使楚玛尔河带着大量的泥沙，致使这一带成了可可西里沙化最严重的地区，也是通天河携带大量泥沙的提供者。

我不管他们如何劝阻，还是下了车，但搜索了数遍，仍然没有见到一只藏羚羊，很郁闷。迁徙动物大多是沿着河谷地带行进的。鸟类更是如此，河流不仅提供了方位坐标，而且两岸植物较为丰富，是它们的补给站，可是为什么一只羊也没有？

"雨天，羊们窝在哪里避雨了，特别是小羊羔，经不住冷雨降温。别急，离五道梁子不算太远，还是先去那边避避雨，烤干衣服，天晴后再来。"

张师傅看我的外衣已经打湿，好心地劝说。

这位张师傅是第一次认识，一路无话，只是尽着职责。大约是我们一路的行踪，使他明白了我们的心情，话才多了起来。我对他笑了笑，虽然冷雨中脸上的肌肉一定是僵硬的，他却理解了我表达的谢意，上车后，立即启动了暖气。

我尽量调理着内心的失望、焦躁。生态平衡并不仅仅只指大自然，一个人的肌体，有用亿来计算的细胞，其实也是个宇宙。对一个人来说，首先是要有平和的心理，心理平衡了，生理才能平衡。大凡

刘先平

生理发生了大的动荡和剧烈的变化，总是由心理失去平衡出现了极大的落差所引起的。这在野外考察尤其必要。如此一想，心情渐渐平静，想起了关于我和藏羚羊的交往。

我对西部地区的向往，始于一九八一年参加对大熊猫的考察，数年中都在关注着它的命运。即使《大熊猫传奇》出版后，我仍然迷恋于川西的雪山银峰、深壑险谷。

藏北的狼不吃人

藏羚羊走进我的视野，首先要感谢动物学家刘五林。那是一九九五年的二月下旬，我们同到成都去参加一个会议。他身材中等，精悍，红光满面，没有长期在高原上的太阳斑。

但他眼神有些恍惚。第一次听到"醉氧"一词，就是他说的。他昨天刚到，由于猛然来到成都平原，空气中含氧量比空气稀薄的高原要高得多，因而如醉酒一般昏昏沉沉，迷迷糊糊。他把带给儿子的学费、差旅费一万多元都忘在了旅馆的枕头下。那时这可是个大数字。

我急了。他说朋友担心他取了钱也会在路上丢掉，已帮他去拿了。看他步履发飘，语不连句的状态，我劝他去休息。他说昨天下飞机后，连儿子的学校都没去，到了旅馆就睡到现在。睡也睡不好。你想了解什么就说吧。

我说："听说你从一九八七年到去年，七年中进入藏北羌塘高原七次，就说这一段的见闻吧！"

"羌塘"刚出口，见他全身一凛，眼里闪出了奇异的光彩。

他默了默神，说——

羌塘,藏北高原无人区,藏语就是这意思。那里的天太蓝、云太白,蓝得白得耀眼。草地碧绿华丽,鲜花妖艳多姿。雪山、冰川宁静、安详。

我和夏勒博士一起去的,每年一次,走进了七次,每次都出生入死。

那里没有路,无边无际的荒漠、戈壁、沼泽、沙地、水网。

鲁迅说人走多了,就成了路。其实,只要是迈开双腿走,就是路。路在脚下。

迷了路,就是在死亡线上挣扎……

语调平缓,无限的思绪又回到了那片土地。

我说藏北高原的狼不吃人,谁都不信。

头天晚上刚支起帐篷,第二天正在做早饭,就见一只成年的公狼站在离帐篷五六步处,浅褐色的,毛衣油光发亮,健壮。

我有些发慌,想喊夏勒博士取枪。

可是,它的尾巴蓬松,微微抬起,不翘不拖。它的形体语言已说明这不是攻击的信号,只是略略有些警惕。若是高度警惕,它会将尾巴伸直,闲遇时,会将尾巴拖着。那双泛着红光的眼,只是在我身上逡巡,并非是算计。

我突然想起这里是无人区,或许它是第一次见到"人"这种动物,还有它不认识的红色帐篷,怀着好奇,怀着试探……或许就是来拜访邻居的吧。

我又观察了周围——这里地势平坦,视野宽阔——确信并没有狼群,心想随它去吧,于是继续做饭,心里还是有些忐忑。

吃饭时我扔了一块吃剩的羊肉给它。它嗅了嗅,一副绅士派头,眼神中溢出了喜悦,叼起,退后,非常优雅地吃了起来。但时时露出的尖利的牙齿,还是使我心悸。吃完了,它对我看看,像是感谢,又像是心满意足,就回头慢慢地走向了荒野。

刘先平

它每天早晨在我做饭时就来了，很准时。我同样送它一块熟羊肉，它仍是非常绅士地享用。第三天，它看我坐下用餐，它也坐下了。我们俩就面对面坐着对吃。

后两天，我甚至走到它身边，用手摸了摸它的头，它没有拒绝，只是微微缩了一下，像是怕痒痒或是不习惯。

和它的友谊，直到四天后，我们要赶向另一个考察点。

五林的语言并不凌乱，只是思绪有些跳跃，偶尔也还透出幽默。"羌塘"对他真有神奇的力量。

藏北羌塘的狼干吗要吃人？

那里的野生动物太多了。野牦牛一群有七八十只，奔跑起来山摇地动。

野驴最守规矩，行进时总是成列、成行，由一头雄驴领队，齐极了，就像等着下口令。它们跑起来，纵队或横队的变化，一丝儿不乱。

它们长得很美，比黄胄大师画的还美。美术大师没去过羌塘，当然只能画新疆维吾尔兄弟驭用的毛驴。

野驴体格修长匀称，像个美人坯子。淡棕色的毛衣，腹毛黄白色，四肢和背部毛色稍淡，内侧乳白色；总之，它整个形象就是由淡棕、乳白、黄色巧妙地组成一件优美的艺术品，特别是臀部的白斑，特俏丽。

它看到我们的车，就停下瞪眼瞅着，非常好奇。车近了，它就起跑。跑一段又停下回头看着你，像在有意挑逗。我曾看到三四百只的大群，太像一队训练有素的仪仗队。

那天，发现一只发情的棕熊，雄性，在追母熊。棕熊可是个粗鲁的傻大个子，体重总有两三百千克。母熊大约是没瞧上它，或是羞羞答答，总是东躲西藏的。这家伙就颠着个肥屁股，一纵一纵地前堵后截。真是个粗鲁的莽汉，连谈情说爱也不温柔。

我开了车子跟踪。繁殖行为是动物生态中重要的行为。

怎么一下，碰巧一群野驴拦了路。

又是喊叫，又是按喇叭，但怎么着它们就是不让。

眼看棕熊就要逃离我的视线，急了，开了车门，跳下去就给那头领头公驴一巴掌。嘿！这家伙，它提起蹄子就回踢了一记，车身咚隆一响，凹了一大块。回到拉萨，修理时花了几百元，让我心疼。真是头犟驴！

羌塘的狼干吗要吃人？

兔子遍地都是，又容易抓，还不会遭到反抗，没有危险。动物生存中，首先要考虑自身的安全，凶猛的野兽也将安全作为第一考虑。它没见过"人"，也许在遗传密码中根本就没有"人"的信息。和"人"没打过交道，它干吗要去冒风险？

羌塘高原是处女地——大自然的原生态地域，至今仍是人迹罕至的无人区。

在羌塘，常能见到狼群。狼是营群动物，一个家族有七八只。它们勇猛、机警。

那天在湖边的一块洼地——对了，羌塘的湖泊多，也是重要的水禽繁殖地。我最少见到过六七个鸟岛，斑头雁、棕头鸥、麻鸭，遮天盖地，毫不逊色青海湖，只是人迹罕至，世人尚不知道——埋伏着两只狼。

左边草地上有一群黄羊正在吃草，总有三四十只。从狼的神情看，似乎是在监视、等待。

营群性的动物内部总是用等级和分工的不同维系。哨狼发现了猎物，会以最快的速度通知部族。

果然，不一会儿，这两只狼从洼地中跃出，扑向黄羊。担任警

刘先平

戒的公羊吱咿一声，羊群骤然奔起。

还未跑远，嗨！从它们的两侧突然审出了五六只狼。

顷刻，黄羊大乱。狼们纵横驰骋，很快将羊群分割成两三个小群。黄羊具有在生存竞争中培育的特技——奔跑神速。狼并不占优势，但耐力好，不屈不挠地追逐。

战略战术非常明确——只追逐被分割出的一小群，在耐心的追逐中等待，等待着羊们犯错误——或许是第一次，但也是最后的一次错误。

果然，那群四五只羊误冲到了河边，或者就是狼群的预谋，要把它们赶到河边。只能转向，就这么一个小小的失误、犹豫，狼群已扑上来了……

只有两只幸免，其他的都成了狼的美味。

第二次世界大战中，纳粹将领邓尼茨潜心研究狼的狩猎行为，创立了"狼群战术"，使他名噪一时。

狼群靠什么传递消息？嗥叫当然是一种，但发现猎物、埋伏、战略战术的策划，是不可能用叫声传达的。它们如何建立信息网络呢？充满了神秘。狼文化中充满了神秘！

那只狼又为啥来找我？

一定是熟食的香味！经过火烤或是烧熟的食物，自有特殊的香味，是它陌生的但却充满诱惑力的香味。食物的引诱，对动物来说具有永恒的魅力。人也不例外。

火的发现，火的应用，使原始人走向了文明，火是文明的种子！刘老师，你参加过大熊猫的考察，在卧龙的高山营地，诱捕大熊猫的笼子里，放的不是它们平时爱吃的竹子，是羊头、羊腿！是烤得香喷喷的羊头！所以，我每次扔给狼的，都是煮熟了的羊肉。

对熟食的共同爱好，使我和狼有了沟通，开始了友谊……

他伸手摸杯子。我赶紧给他泡了一杯黄山贡菊。他的记忆正沿着羌塘高原，展示着精彩。

夏勒博士是受自然基金委托来的，我们一道去羌塘高原考察野生动物。他是美国著名的动物学家。对了，刘老师你认识，听说你一九八一年就在卧龙研究大熊猫的高山营地和他相识。关于抽烟，你和他还有段精彩的对话，最后是他美丽的夫人解了围。

我笑了。一九八一年五月，那时正在考察大熊猫的繁殖行为，因为这一直是个谜，动物学家并未亲眼在野外观察到；而要保护大熊猫，这不能不是个重要的课题。作为课题的一部分，是诱捕大熊猫，给它戴上装有发报机的项圈再放回山野。十一月我又去了，是为祝贺第一位戴了项圈的珍珍生下的宝宝百日纪念的。他和胡锦矗教授的成就，我在《高山营地》、《杜鹃花下的爱……》、《寻踪觅迹》中已有了记叙……

窥视生育大迁徙的神秘

我们还有一项重要任务，考察雪山娇子——雪豹，它在世界上是极为稀有珍贵的高山猫科动物，只生活在中国的西部地区。但多年来已不见报道。

两部车，一部卡车装给养，特别是汽油，那是生存的保障。一部越野车。为了减少燃料的消耗，采取了每隔一段距离，就留下一桶汽油。羌塘，还没有哪位研究动物的科学家进去过，是一片处女地。只能按地图去规划路线。

说实话，那张地图太简单了。一九八七年第一年进去，二十多

刘先平

天没找到路，只是在错综复杂的河流、沼泽中转圈子。苦头吃多了才慢慢摸到了羌塘高原的脾气，终于找到了路，在长水河那边。直到现在，也只有我和夏勒博士知道那条路。

几年来，我们走遍了羌塘无人区，一直走到昆仑山的南坡，走到可可西里山的山脚下。

啊！藏羚羊真多！几十只一群的是小群，大多是几百只的群体。那天，我正在观察远处的一群野牦牛，那高耸的肩胛，黑骏骏的长毛，四四方方的庞大躯体，在雪山的映衬下，真像墨色浓重的刻版画……

突然，画面下方的沙堆，露出无数的直直的黑的物体。是特殊的自然景观？不是，那上面有一节节的环棱，肯定是动物的角。从角的大小形状判断，是食草动物。它们喜爱隐蔽在沙丘低洼处休息。可怎么是一支支的角呢？难道有独角的食草动物？独角兽是有的，虽然我国发现过它的化石，被神化为麒麟；但现在却只有在非洲，才能看到犀牛……

我慢慢向沙堆走去，眼看只离二十多米的距离，一声"吱咿"的叫声响起，沙堆中立即窜出一群动物，闪电一般飞奔。

啊！是藏羚羊，是一群雄性的藏羚羊！清一色的公羊！

难怪有人叫它"独角羚"呢！它的乌黑的长角几乎是直线的，只是到了上端才略略向内弯曲，卧在沙堆中，又是侧面看，当然会被误认为是独角，是视角产生的误差。

哈哈！东边、西边的沙堆都飞出了藏羚羊。奔跑时，它们身体腾空，前蹄伸直，后蹄奋力，全身绷直，矫健神勇。飞奔，只有这时，你才理解"飞奔"！

好家伙，粗略一算，总有六七百只！沙尘弥漫，千军万马驰骋。壮美的景象，真激得血脉贲张，不由得你想飞、想跑，直到喘不过气来才停下，这是海拔四千多米的高原啊！

动物的美在哪里？在野性的爆发，是生命力最强烈、最活跃、最精彩的展示。

只有在山野，才能看到活蹦乱跳的野生动物，才能欣赏到它们生命的壮美，才能看到它们的野性与自然是那样的和谐。这是野外考察的魅力！

虽然我们每次回到拉萨，经历了生死的瞬息变化，身心疲惫到了极点，下决心再不去摸阎王鼻子了，但没多久，又想念起棕熊、野驴、藏羚羊和正在寻找中的雪豹，还有浩荡的冰川、巍峨的雪山、辽阔的大漠……到了预定的时间，又奔向了羌塘。

怎么会只有公羊的群体呢？

藏羚羊平时公母分群，只是在每年十一月的繁殖期才互相吸引，走到一起生活。

某一天，某一时刻，大自然传来了号令。霎时，公羊们雄性勃发，纷纷寻找对手，展开了争偶的决斗。挥角顶撞、砍杀，立起后腿用前蹄拳击……草原顿时尘土弥漫，角的撞击惊天动地，直到一方败北……得胜的公羊要圈起四五只母羊作为嫔妃。

交配后，公羊向南寻找较好的草场，护着受孕的母羊。

直到四月份，母羊们感到了生命的律动，快临产了，纷纷离开公羊，与其他的母羊重新结群，开始踏上向北迁徙的漫漫长途，走向产房。

迁徙的路程有三四百千米。

七月，到达了昆仑山南坡，产崽。

八月，母羊带着孩子再向南回迁。

每年，母羊们都要用三四个月的时间，做这种生育的、长达数百千米的迁徙，以这作为一个生物年。母羊们的遗传密码能精确地导航，准确地到达每年的产崽地。太神了！

临产的母羊为什么要离开公羊重新集群？这种纯母性的群体隐

刘先平

含着什么玄机？

它们为什么要拖着受孕的躯体去做长途的跋涉？

是什么神秘的玄机要集体分娩？

公羊们为什么不作挽留？

是留不住？那又为何不去护送，而只是让母羊独自承担生育的艰难？

这种生育大迁徙是幸福的享受，还是必经的磨难？

它留有太多的奥妙！

这是来回上千千米的大迁徙，艰难的跋涉，危机四伏的旅途，狼、雪豹、猞猁的前堵后截，偷猎者的凶残……这些都不能阻止它们前进的步伐，这种为了完成生命的重任的不屈不挠，迸射出生命灿烂的光华！生命的本质在于复制自己的DNA，在于创造！

它和候鸟不一样，候鸟的南来北往迁移，是雌雄合群，到达繁殖地后才择偶交配，生儿育女。

是什么原因使它们在进化的历程中，形成了这样奇特的生育行为呢？动物学家们正在研究。

生活在非洲草原上的角马、野牛、斑马，每年也都要做几百千米的大迁徙，从一个草原转向另一草原。化石考古发现，这种迁徙在几万年前就有了。

动物行为隐藏着太多的不解之谜。

"人"也在动物之列。动物行为中折射出"人"的影子。动物行为的神秘具有极大的魅力，激励着动物学家艰难地探索，正在形成一个崭新的学科。

不过，我倒是发现了一个情况。羌塘高原的藏羚羊很多，看到几百只一群不是稀罕事，一千多只的大群都见过。

有天，发现一只母羊落后，羊羔在妈妈身前身后欢快地跑着。很奇怪，也就悄悄地注意。

不久，疲惫不堪的母羊歪倒在一个沙堆旁。还在向前的羊羔发现妈妈没有来，就回头一声声地叫着。母羊只是瞪着湿润的眼睛看着它，忧伤、无奈。羊羔跑回到妈妈的身边，更加急切地叫着。可它怎么努力也没有站起。

　　我慢慢地向它们走去。母羊只是挣扎了几下，仍然没能站起。终于走到了它的身边，羊羔跑开了。我先抚摸它的头，它没有动。检查的结果，发现在它的臀部有两个光滑滑的洞，露出了红红的烂肉，散发出难闻的怪味。

　　起先，我以为是偷猎分子的枪弹所致。那时，由于藏羚羊绒的昂贵——五百克价值几千美元——巨大的金钱诱惑，邻国与国内的不法分子，已开始伙同组织起有规模的盗猎。

　　但仔细看，洞里有白色的东西在蠕动。我折了根草根一掏，竟然是条白胖胖、肥嘟嘟的蛆虫。那是虻蝇叮咬后留下的烂洞，很深。

　　母羊乖巧地一动不动，只是痛苦的眼睛更加湿润，还不时睨视一下它的孩子。这样严重的伤口，在荒野无法施救，只得将它抱起，它也紧紧贴在我的胸膛。

　　我抱着母羊向营地走去，那个小家伙还犹犹豫豫地站在不远处。母羊吁吁两声，它一颠一颠地跑来了，跟在身后。

　　把伤口中的蛆虫掏完了，又敷了药，它安静地躺在帐篷中。到了晚上，还不忘记召唤孩子来吃奶。那两天我们说话的声音都是轻轻的。第二天，它已能勉强站起来了。

　　第三天，它走出来，向远方眺望。下午刚好有一群回迁的母羊经过，它步履蹒跚，但不一会儿，就迈着步伐，带着孩子，跟上了大部队……我们看着它，直到那队伍消失在大漠……

　　后来，我又碰到了两次几乎相同的情况。

　　这件事最少为我们提供了这样一个事实：在藏羚羊的集中产崽

刘先平

地，除了其他的天敌外，虻蝇对藏羚羊的伤害也是可怕的。

都说南方的蚊子可怕，但你们见过高原地区的蚊子吗？它的叮咬能使人昏迷、休克，毒性大，凶猛。你想，高原的夏天只有短暂的一两个月，它们要在这样短的时间中完成生命史上最重要的任务——繁殖，并创造条件越冬，不格外努力觅食，又咋办？

高原地区的虻蝇既大又凶猛，不仅吸血，同时在伤口产卵，将卵寄生在宿主的身上，让孩子一出世就有丰富的营养。它拥有飞行器，在猎食中占有更大的优势，更具杀伤力。

听说在新疆准格尔盆地边缘，有种苍蝇更厉害。只要你感到它在你眼眶、鼻孔湿处飞过，就得赶快用水去冲洗。要不，一会儿就有蛆虫出来。

有理由认为，它们在南方的栖息地，到了夏天，虻蝇和其他的昆虫可能更多；相对说来，北方的气温要低一些，虻蝇和其他有害的昆虫也就相应较少。

弱小的动物，大多利用结成大的群体，以庞大的个体数量来对抗强大的天敌。这种高度智慧的策略，是在千万年生存竞争中形成的，是从一个物种的整体利益考虑的。海洋中的小鱼，总是几千几万地集结成庞大的鱼阵，并利用鱼阵的变化，来对付凶猛的大鱼。

我在羌塘高原，遇到了在那种特殊生境中，动物的一些不可思议的行为，没去过的同伴编了不少的笑料神侃。

"刘五林打兔子，十枪不中一只"，流传得很广。

其实是那里的兔子太多。高原兔爱结群，受惊跑动后，你只见到灰白的一片，耀得眼花。它们的臀部是灰白色的。我确实想开枪打，但它们那么多，你刚瞄准了这个，那个又进入了瞄准线。几次三番，只好作罢。

有天，我遇到一片植被丰茂的草甸，野花也开得灿烂，种类多，高山特有的植物让我心花怒放。鸟奴龙胆的花蓝美美的，藓状的雪灵芝，形如鸡头的红色马先蒿、马尿泡——这些都是名贵的药材。我决定做个植被样方。

正做着，六七十只的一群兔子突然来了，就赖在那里不走，近得伸手就能抓到。大约是草长得太好了。但等到我真的伸手去抓时，它却闪电般地溜了。你不去捉它，它又在你面前窜来窜去。只有三四只兔子和我玩这种把戏，不断挑衅。其他的头都不抬一下，只顾吃草。太欺负人了，气得我全身往下一扑——像武术中那种动作——哈哈，真的压到了两只，在我肚子下拱。

我赶紧伸手去抓，刚缩了一下肚皮，它却狠命一蹬，感到肚子被击了一拳，就听衣服刺啦一声，一团灰色的影子窜了出去。

幸好，还有一只。

抓住它，我才爬起。这个倒霉蛋，怎么这样娇气？双眼紧闭，一动不动，死了，只好随手将它一扔。还未等我醒过神来，它已迅速翻身，迈开四腿，一溜烟地跑了……

结群的策略，多高明！

在产崽时，母羊、仔羊都处于极虚弱的状态，更需要相对来说较为安全的生存环境。这是否就是它们生育迁徙的原因之一呢？

生态道德的课堂

在风雨夹雪中，五道梁子如几顶黑色的牦牛帐篷。老谢领我们钻进一座低矮，充满着牛羊的膻味、汗酸，还有说不出的怪味，但却热气腾腾的屋子。

嘿！居然是家饭馆。大家赶快将湿衣服脱下，围到火炉边。

老谢眼疾手快，一把拉住了正要出门的君早："别以为你肉多皮厚，这里的寒气沁骨，不怕感冒？"

刘先平

君早说："憋着难受。"

老谢说："五道梁子地势低凹，通风不畅，氧气含量更低，来往的人都说怪。忍忍吧！保护站的人，一年四季都生活在这里。"

君早说："这屋子是保护站？"

老谢说："当然不是。他们还在那边。是修铁路留下的房子。在可可西里的保护区，还有帐篷保护站呢！几百千米没有一个人，只有那两顶帐篷在莽莽雪野中，为保护藏羚羊，保护这片原生态的环境，保护长江、黄河的源头，他们付出太多太多……"

我要君早先坐下，将心静下来，缓慢地深呼吸，这是对付高山反应的良方。

一会儿，老板给每人端来一大海碗滚烫的羊肉汤，递上一块大饼。滚烫的、辣辣的、鲜美的羊肉汤几口下肚，已感到身上的零部件，手、脚、耳朵等又连成了一片，成了有机体。君早的额头沁出了汗星……

狼吞虎咽将那一大海碗羊肉汤、大饼装到肚子里，个个脸红冒汗。我想泡杯茶喝。老谢小声说："别糟蹋了茶叶，我知道你是茶客，背了几千里路。这里的水，重金属含量高，按标准不能饮用。可可西里蕴藏着丰富的矿藏，金、铁、铅、镁等都有。这里人盼下雪，存雪水，雪水纯净，没有重金属。就连这水也是从一千米之外的河里背来的。高原上，饮用水宝贵。"

只有等待，等待雨雪停下。谁也懒得去看手表，它对我们的行程似乎已没有多大的意义。刚进屋时那种令人窒息的气味已没有了，只有羊肉汤、辣子的香味，大家都靠在既是饭桌又是床的长坑上，闭目养神……

"雨雪停了。"

张师傅轻轻的一句话，像是起床号。

天有情，到达楚玛尔河时，蓝天已经洞开，令人欣喜的阳光将可可西里的荒原照得闪亮。

啊！总有四五群藏羚羊在河岸上，还有两群正从西北方向走来。每群都有十多只，没有见到大群。在雪地上，黄褐色的毛衣显得鲜亮，成了棕红色。有两只腹部的侧面，已有大片的毛脱落，显示出旅途的艰辛。不谙世事的小羊们，不愿拨开积雪寻草，只是恋着母亲的奶水，一耸一耸地使劲地吮吸。

奇怪，河谷里还是一群也没有。现在看清了：被水冲刷的河谷两边，都是淤沙，寸草不生，不可能提供它们在迁徙的途中需要不断补充的食物。

我注意每个群体的带崽数，基本上和来时观察到的情况差不多，带崽率不高……

急刹车声使我回过头来。不知什么时候，青藏公路上已来了四五个人，正举旗拦车。像是信号，立即有两群羊，小跑着越过了公路。看吧，臀部的白斑，形如一个个桃子，黑色的短尾尖正成了桃蒂。真是大开眼界。

被拦住车的司机师傅也下了车，乐呵呵地看着羊群……

是来可可西里参加巡护工作的志愿者。我去看了看，都是从福建来的年轻人。福建与这里的地理、气候相差太大，我想问问他们的感觉。但他们一个个都在专注羊群的动向、路上的车流，在已印有太阳斑的脸上，充满了自豪，神情庄重……

我悄悄地对老谢说："走吧！"他说："我们也不要打扰它们。"

过了楚玛尔河大桥后，观察到两大群三四十只藏羚羊，它们准确地找到了铁路留下的通道，顺利地到达路东。我们的心情轻松了许多，心里默默地向青藏铁路的建设者们致敬。

救护中心在公路的左边，保护站前一批志愿者正在忙碌着。一位姑娘的右鼻孔塞着棉球止血，显然还正在经受着高山反应的考验。流鼻血是常见的高山反应。她个子不高，清秀秀的，具有广东人较为典型的特征。高原的风、强烈的紫外线，已在她白净的脸上留下

刘先平

了明显的印记。她是一家合资企业的白领。

我问她："习惯吗？"

"不习惯是真的啊！刚到时气都喘不上来，头疼得一夜要醒来五六次。但比我们那儿凉快。在家时一天最少要冲两次凉，这里的老师说最好不要冲凉，冲凉时耗氧多。

"真的，来这儿是享受，多壮美！祖国有多么辽阔！懂得了生命的意义，懂得了保护藏羚羊是保护一种生命。它们和我们一样，都有生存发展的权利，都是大地的孩子。在保护局看到藏羚羊遭到偷猎者杀害的照片，几百只倒在血泊中，母羊肚子里的胎儿还在动，我哭了。他们为什么那样残忍？虽然不能参加巡山，但沿路的巡护，使我成天沉浸在善良和仁慈中，心里快乐。我想，我会成为一个善良、仁慈的人。"

"你在这里还有多长时间？"

"两个星期。是我攒下的全年休假。是我成年后最正确的一次决定。回去后，我要向同伴们讲保护藏羚羊，保护这片原生态地区的意义，保护地球村的重要。还要想方设法帮助这里解决一些困难。我肯定会时常想念这里，雪山、冰川、大漠……这个地方已是我的第二故乡。"

同伴们在喊，她小跑着去追队伍……

她的话，在我心里搅起了波澜。短短的几天，在保护其他的生命，在保护自然中，她已经历了生态道德的洗礼、启蒙，开始领悟对生命的尊重，对于大地母亲的敬畏的意义，这是人生中的一次升华。

原来的城市生活，割断了人和自然的天然的联系。到达了可可西里，与大自然的相处，又接通了她和大自然的血脉相连。这无论是对她的人生、对社会都具有特别的意义。

自然保护区的志愿者行动的意义，在很大的程度上，弥补了我们过去所忽略的生态道德启蒙和培养。现在，国家级自然保护区已有数百处，省级、市级自然保护区总有数千处。在一定的意义上保护区是我们所剩不多最美好的家园，其实建立保护区的本身，就包含了人类的忏悔。如果我们能将志愿参加保护区的巡护作为一种社会风气加以提倡、推广，那么保护区就成了生态道德的学校，最鲜活的爱国主义教育的基地！

道德具有伟大的力量！

乌黑的羊角闪亮了眼睛。它在救护中心的栅栏中，还有几只母羊、小羊；有两只小羊的脖子上还拴有红布条。它们都是掉队的或母亲遭到不测被牧民或保护站收养的。

公羊矫健地站在那里，毛色已是淡黄泛白，挺着头上乌黑油亮的叉角，显得威风凛凛。它的体形比普氏原羚要大，叉角更长，但角端也有那优美无比的弧线。

只有一只公羊，想起保护局小刘的介绍，它大概就该是广为流传的明星矫健了。

那是在一次巡山追捕盗猎分子的途中。上百只的藏羚羊倒在血泊中，全是母羊、羊羔。羊皮被剥了，头被砍了。惨绝人寰！队员们在清理现场时，发现了一只幼仔还在动，赶快抱了起来，贴在胸口用大衣护住。

保护中心每天派人跑几十千米，从牧民家里买来鲜奶。它吮吸着橡皮乳头，睁着乌黑的眼睛看着保姆，在人类宽大而温暖的怀抱中长大了。

矫健顽强的生命力，成了藏羚羊的象征；人类悉心呵护，使它成了明星。

它也是我第一次在野外见到的公羊。君早很想为它拍张照片，端着照相机反复寻找着角度，可是它生活在栅栏中，那栅栏怎么也无法撇去。最后，只好放弃，满脸的沮丧。是的，它应该生活到可可西里的大漠，那里有它的兄弟姐妹。人啊，千万别忘了这一点。

这个细节，一直笼罩着车中狭小的空间。天也陡然阴沉，没一

刘先平

123

会儿又飘起了雪花，旅程在沉闷中……

守望美丽少女

我还要感谢小何，就是在青海湖遇到的那个小何，敦厚壮实的西北汉子，是他带我走进可可西里。

那是一九九九年，我刚从加拿大、美国回来。没几天就和李老师踏上了西去的行程，计划去探三江源。首站是西宁。

朋友老郑看了我们的装备后，说还是先去青海湖、孟达、大通这些路程较近的地方看看吧，回来后再说。等我们走了一圈回来后，才算对青藏高原有了感性的认识，才知道凭那时的装备，包括思想准备，是无论如何也无法到达三江源的。于是，经过一年的准备工作之后，才有了二〇〇〇年历时两个月的三江源的探索。

但这次的行程收获丰富。其中之一是结识了小何和司机小石。小石丰富的高原行车经验，对我们以后的行程发生了极大的影响；小何是从事野生动物研究和保护的，他的影响是另一方面的。

记得那是我们从孟达自然保护区回来的晚上，他来了。他轻声慢语，却有股震撼人心的力量，使我们肃然起敬。

他曾多次参加青藏高原的野生动物考察。一九九〇年，跟随中科院考察队，到达了可可西里。

七八月是进入可可西里的好季节，这只是和其他季节相比。其实艰难、危险四伏。那里没有"路"，冰雪融化之后，遍地是沼泽、溪流、沙丘。

步行基本上是不可能的，除非你有庞大的后勤供给。单车也不行，最少要有两辆以上的车队。

头天就陷车。陷在一条冰河中，费了九牛二虎之力，才将它又推又拖挪到岸。所谓的走路，实际上就是车子开一段，陷进去，挖土、推车，再开车。这似乎成了不变的程序。每个程序都将大家弄得精疲力竭。这是高原啊！大伙儿编了一首顺口溜：

一去二三里，

停车四五回，

陷进六七辆，

八九十人推。

经历了那里的气候，大伙儿也有一首顺口溜：

六月雪，

七月冰，

八月封山，

九月冬，

一年四季刮大风。

那风真厉害，呼呼叫，带着啸声，寒气直往骨髓里钻。过去说，南北极的空气对流，形成大气环流。青藏高原是第三极，却没有说到这一点。现在，第三极的气候对环球大气的影响，正得到越来越多的科学家的关注，是一大进步。

两首顺口溜，是最真实的写照。是大伙儿从生死的考验、意志毅力的考验中体会出来的。

比孙悟空经历的九九八十一难还要多。我们终于到达了格拉丹东。老天就是不开眼，风一阵，雪一阵。

第三天，向导说风停了，晨曦中，我们都钻出了帐篷。

刘先平

格拉丹东矗立。一轮红日从巍峨的雪山升起，霞霓变幻成满天的红韵，金红、水红、胭脂红、大红、绛红……红的光影外，更是一个色彩无比丰富的世界。浩荡的姜根迪如冰川，也是彩色的，虹霞般闪耀；冰川上林立突兀的冰塔，色彩迷离，不可名状。连对色彩最为敏感，分得最细的刺绣大师也会望洋兴叹……

怎么抑制冲动，还是跪下朝拜，瞻仰望着神圣。那时，只有这个动作才能回应全身血脉的激荡！

看着涓涓细流，从姜根迪如冰川伸出的冰舌潺潺流出，我好像也成了高山流水中的一滴，这就是长江的源头啊！她从这里起步，开山凿岩，历经六千三百千米抵达大海，成了世界上第三大河！

正因为高原苦寒，人类还无法大规模进入，因而成了野生动物的乐园。

我们经常看到野牦牛、藏野驴、棕熊、雪雉、旱獭。它们成群结队，还不知道"人"是什么样的动物；甚至狭路相逢，也只瞪着好奇的眼睛盯着你，根本不让路。

小何和刘五林对可可西里地域野生动物与"人"的关系的观察、思考，何其相似！在这两位从事野外考察动物学家的视野中，这儿的原生态是多么珍贵！

第一次见到藏羚羊，是在羚羊滩，二百九十三只的一群。后来，见到的群体更大，在酷宝湖看到一千多只的大群。那是个公羊群，满世界的黄褐色中，挺立着一片乌黑的叉角，如千军万马执戈擎戟，实在太壮观了！

那一次，基本上摸清了它们的产崽地在昆仑山南坡的太阳湖、卓乃湖。它们每年四五月开始北迁，到达产崽地大约是七月份。卓乃湖、太阳湖水草丰茂。

我们已错过了季节，但有人亲眼见到过藏羚羊产崽的盛况：

一个山谷集中了三四千只临产的母羊，是藏羚羊文化中最壮丽的篇章。三四天之内，全部产完。到处是母羊在为刚生下的孩子舔干毛衣，只要毛衣一干，小羊就努力站起，歪歪趔趔地迈开了生活的第一步，很快就能跟随妈妈寻食。妈妈还要待在产房的山谷附近、水草丰茂的湖边休养生息。待小羊稍稍强壮，神秘的生物钟指挥，开始迁徙……

大规模的偷猎犯罪，大概是一九九二年之后的事。一是国际上藏羚羊绒的高额利益，据说五百克羊绒数千美元。它的绒毛保暖性特别好，可做太空服的填充物，更是高档披巾、围巾的原料。一条三四百克重的披巾可从戒指中穿过，价值数万美元。它特别受到西方贵妇人的青睐。开始时，国外有舆论批评我们保护不力，但却对藏羚羊绒的制品不理不问，这是很不公道的。如果没有了市场，盗猎还能猖狂起来？再是有的媒体关于藏羚羊全身都是宝的报道，主观上是想引起人们的保护意识，负面的影响是使心怀叵测的人，了解了可可西里的情况。最疯狂时，犯罪分子组织武装盗猎，我们一次就缴获了一千多张皮子！

五月份藏羚羊的绒最好，母羊已开始迁徙，七月是集中产崽，八月又要回迁。犯罪分子专挑这样的时候下手，白天看清羊群的夜宿处，到了夜晚，打开雪亮的车灯。羊对骤然的强光，有个适应过程，他们就是利用这短暂的时间扫射。大屠杀之后，天昏地暗，小羊们的哀叫，也不能阻止犯罪分子的贪婪！有案可查的就有一万多只被猎杀，更多的则是无案可查，这个地区太广袤了，一个公安干警的辖区有几千平方千米，怎么努力也鞭长莫及。

据原来的估计，青藏高原的藏羚羊总有上百万只，但到了一九九七年，乐观的估计，可可西里也只剩下了两万只！人，多可怕的人！那是赶尽杀绝。

其实，盗猎野牦牛、棕熊、白唇鹿、麝的案件也触目惊心！有

刘先平

127·

个姓马的犯罪分子，一次就盗猎了一百多头野牦牛。野牦牛的基因价值，搞繁育的人最清楚，明天去看白唇鹿的大通种牛场，已用它和家牦牛杂交，培育出牛肉品质高、抗病性强的新品种。

姓马的被抓到了，但只判了三年徒刑。他出来后又去玉树那边盗猎白唇鹿。白唇鹿属国家一级保护动物，它的体形高大，一只约两三百千克重。鼻翼两端和下颌、下唇都是白色的，所以叫白唇鹿。它主要生活在海拔三千五百米至五千米的高山草甸、森林、灌丛，也可以说是青海的特产动物。它的鹿茸是著名的中药材。

这次是天网恢恢。被巡警发现后，他开枪拒捕，在交火中被击毙！青海的麝资源异常丰富，它的悲惨命运，刘老师很清楚。

高原上的自然保护区，是珍贵的高原生物基因库，价值是无法估量的。

要保护这个珍贵的生物基因库，首先要保护好它的原生态。开矿、淘金——可可西里矿藏丰富，黄金储量大——破坏性极大，特别是对植被。那里的生态脆弱，是几千万年的进化才形成的，一旦遭到破坏，没有上百年的时间难以修复，甚至永远不能恢复。

可可西里的湖泊多，在盐水湖，生长着一种卤虫，高蛋白，是养殖鳗鱼等高档商品的极好饵料，每千千克价值二三十万元。引得大批人闯进湖里捞虫，致使资源大损，垃圾遍地。

一位老科学家对我说过——上个世纪六十年代就进入过长江源——是放牧过度，采金、采矿的破坏了植被，沙化严重，降雨量减少。沱沱河在汛期时的水量，只有八十年代的三分之一。也是八十年代，一次大雪灾之后，迁来了一批牧民，至今没走，而且还在增加。三江源保护区建立后，希望情况有所改变。

长时间的沉默，我们相对无语，心中却激荡翻涌……

不过，这几年的情况好多了，我们加大了开展宣传、保护的力度。

就说可可西里吧，已引起了全国的关注。那里的保护区人员，在那样严酷艰难的条件下，能坚持下来，就伟大，就是英雄！志愿者参加巡护的运动，实际上是一场生动的生态道德启蒙和教育。

盗猎藏羚羊的事例已得到了遏制，藏羚羊的种群已有明显的增长……

那天，在可可西里自然保护区管理局，小刘兴奋地告诉我：藏羚羊已恢复到三万多只。还有一项重大的活动：正在向国家奥委会申报，将藏羚羊作为二〇〇八年奥运会的吉祥物，它的矫健、它的奔跑的速度、它的美丽……它是大自然的精灵，绿色奥运会的象征。

是的，我感到欣慰，分享着小刘他们的欢乐。

据报道，二〇〇六年，可可西里的母羊带崽率，已达到了百分之九十，种群数已恢复到四万多只。

Zangbei De Lang Bu Chi Ren

艺术地塑造、还原了一个野生动物原本是人类朋友的世界。这正是人类所需要的一面镜子，映照出人们对自然的无情，呼唤着人与自然亲密的回归，歌颂人与自然的和谐。

——束沛德　儿童文学评论家

评论

刘先平

黔·金丝猴的特种兵

金丝猴五彩斑斓的面孔，悠然飞扬的神采，出现在大脑的视屏。

Qian Jinsihou De Tezhongbing

猴王给我的困惑

困惑是神秘果，能把酸的化成甜的？

我常被猴王困惑，最少遭到它的五次攻击，每次都狼狈不堪，损失惨重，虽不说鲜血淋漓，但也付出了血的代价。然而，留在心间的却是欢乐，对生命的赞颂。

猴王给我带来的困扰，还有来自另一层面——很多朋友在读了拙作《给猴王照相的惊险》后，都问："猴子在山野中真的有信息网络？"

"所有的野生动物都应该有信息网络，否则怎么生存？"

"是孙悟空？能掐会算？"

幸好还未说我是个骗子。

"那你说说看它是怎么找到我的潜伏地，展开了准确无误的攻击？"

辩论就这样无休无止地开始了，于是，我成了胡编乱造的家伙………

其实，人们总是高高在上，以万物之灵自居——就像我过去一样，一直将猴子的聪明才智放在自己的盲区，或者是不愿意承认。

有多少人知道酒是猴子发明创造的？史籍记载曾在黄山发现有猴子酿造的酒；甚至今天还有人百般历险，在奇峰怪石、密密森林中搜寻，以求长生不老。

那篇《给猴王照相的惊险》，记叙的是二十世纪七十年代参加考察黄山短尾猴时，为了拍摄"猴相纷纭"，遭到猴王攻击的故事，但写作却是在近二十年之后，是在遭到黔金丝猴猴王的攻击之后引发的火花。

奇怪在我并未首先写它，而是写了二十年前的事，何必舍近求远呢？虽然我没有在野外经历奇遇回来就写的习惯，总要待到那些"奇遇"焕发出另一种光彩时才动笔；但细细想来，还是因为这个猴王比那个猴王的故事更为眼花缭乱、神秘莫测，也就留给了我更多的错综复杂的困惑。

近日，几幅色彩缤纷的京剧脸谱所隐含的玄妙，突然在我心里激起波澜……

金丝猴五彩斑斓的面孔，悠然飞扬的神采，出现在大脑的视频。

人有千面，因而产生了相面术——根据人的面相推算他的现在、过去、未来。

面相是人的命运、灵魂的表象？

京剧为何要用彩色描绘面庞？是将人的内心世界戏剧化表现？

金丝猴的面孔就是五彩斑斓。无论是川金丝猴还是滇金丝猴、黔金丝猴的面孔。那些红、黄、绿、蓝相间中，似乎充满了玄机、奥妙、神秘。

大自然为何偏偏要将最华丽的色彩，只赋予灵长目猴科的臣民呢？而同属灵长类的人的面孔，为何只有单调的或红或白或黄？

刘先平

人类有理由怀疑造物主的公道，于是土著的印第安人、黑人等都喜爱用五颜六色描绘面孔……

记得那年参加中国作家代表团访问南非，在一古老民族的居留地，有人手持彩笔为客人画面。我们憨憨厚厚的团长老王，第一个上前。就那么几笔彩色的线条，使他圆圆的脸上充满了另一种生动活泼、莫测的情绪。大家眼都亮了，纷纷踊跃向前，包括女同胞。然后是相视而笑——全都变换了面孔，全都有了崭新的面孔！

人类向画眉鸟学习，修了弯弯的蛾眉；向大熊猫学习，画了眼圈；那么涂抹口红，不可能是模仿滇金丝猴红艳艳的饱满的嘴唇吗？

古典名著《木兰辞》中，不是已有"对镜贴花黄"吗？

京剧中美猴王孙大圣的脸谱不就是彩色的吗？

我相信，京剧的脸谱，是向金丝猴学习的。

是为了美，还是蕴涵了更深奥的且泛着哲学的光辉？

突然，四十多年前，遭到黔金丝猴猴王攻击的情景潮水般翻腾，考察中的种种都展现在眼前……

攀登八千级

黔金丝猴的故乡在贵州梵净山。

九月的贵州依然骄阳似火，我们大汗淋漓，奔走在著名的喀斯特地貌的崇山峻岭，直向梵净山进发！

寻访黔金丝猴，首先要找到老杨。老杨是研究黔金丝猴的首席科学家，又是保护区的主管，他的考察营地在金顶那边的深山中。

今天的目标是上到金顶。金顶是梵净山的高峰。

登梵净山，号称八千级！

金顶是佛教圣地，原有登山石阶，经过整修后有八千级石阶。

我们在确定考察项目时，注意力只是被黔金丝猴的独特的美和那里丰富的植物世界所诱惑，因而从青藏高原回来之后，赶紧放下沉重的行囊，冲洗大批的胶卷，又马不停蹄地往贵阳赶，根本没有想到路途艰难。

一位摄影家对我说过：我是在抢时间为子孙们留下美——今天是一片五彩湿地，明天就会被开垦了；现在还是茂密的森林，明天就全都变成光秃秃的山冈；清亮的小溪变成了臭水，滔滔的大江被大坝截断……

他用明白的语言，道出了我心中多年的焦虑。

攀登八千级，相当于四百层高楼！真是"危乎高哉"！

管他呢！

拜访黔金丝猴的诱惑力太大了。

金丝猴是我国特产动物。滇金丝猴、川金丝猴、黔金丝猴号称三大明星。

黔金丝猴面孔翠蓝，如一块晶莹的蓝宝石，鼻孔朝天，嘴唇丰满厚实，雪白的后肩、粗壮的长尾使它别具审美趣味，又被称之为灰金丝猴、牛尾猴。

全世界现存只有七八百只，它唯一的生活区域只有梵净山。也就是说，梵净山是它现在唯一的故乡，唯一的家园；也只有到梵净山，才能领略到它的风采、神韵。

三位明星虽然都是极度濒危的我国特产的珍稀动物，但滇金丝猴的故乡在滇藏相交的雪山银峰，川金丝猴生活在四川、湖北、甘肃、陕西，地域要比黔金丝猴生活的领地大得多，现存的数量也要多。

最重要的是那里还有位老杨，他和考察队跟踪黔金丝猴，经历了一千多个日日夜夜，相依相伴的精彩的故事……

八千个台阶与这相比，算得了什么！

到了梵净山下，看着那密密的森林中连绵的峰峦，起起伏伏，

刘先平

133

直到云端，好像直到这时才感到，这是一次艰难的跋涉。我们还要在林中寻找黔金丝猴，还要跟踪考察，又不知道它愿不愿意接见。要走的路程至少是一万个台阶。

以我在山野的经验，其实，狰狞陡峭的高山，比之于这样的山要好爬得多。这样的山似乎没有开头，也没有终点，爬完了这个山头，前面还有山头，无休无止……特别累人。

我赶紧步入小店，买了件薄薄的背心，脱下了衬衣换上。李老师只是注意着这一切，未回一声，倒是很仔细地检查了鞋带和背包。后来，我为这个措施沾沾自喜了很长时间。

朋友们建议我们不妨沿着原有的登山石阶走，这是到达金顶，找到老杨的捷径。

我心里当然有着另外的打算。

我们开始拾级登山。

李老师以她惯常的习惯和小罗走在最前面。她说过：爬山时千万不能落在后面，越落越远越没劲。只有让人追着才能激励自己。

是的，经历千难万险，我们终于到达了山顶，可是，却被山洪围困，无法到达老杨的营地。两天后，老杨派人送来了信，说是他已冒险到达了山下的营地，让我们赶紧去他那里会合。

夜色中，老杨在山下盘溪营地迎接。

"见黔金丝猴难，没想到找你老杨也不易啊！"心灵早已相通，我也随意。

"见到我，也就算见到黔金丝猴了！"

"真的？这么多天，总算没白辛苦。"李老师也很活跃。

"你是形象大使嘛！"真是心有灵犀，一见面就给我吃了定心丸。

老杨是位壮实的中年汉子，敦厚中洋溢着山野的灵气。常年在野外的人相遇，谁都感到大自然赋予他们的特殊气质，这常常使我和这些朋友一见如故。

泡了浓醇的黄山毛峰茶，选了一棵秃杉树下，我和老杨开谈了。秃杉是珍贵树种，可长到三四十米高，树冠浓密，只生活在我国的云南、贵州、湖南、台湾一带。后来我在去云南独龙江的路上，见到了大片的秃杉林，胸径多在一两米之上。

首席科学家老杨的故事之一

我是一九七八年来筹备自然保护区的。梵净山位于印江、江口、松桃三县交界处。在这之前，也就是六十年代吧，科学界尚未认识黔金丝猴，说它比川金丝猴、滇金丝猴要晚得多才被我们认识。现存的也不过只有七百多只，只生活在贵州梵净山这个狭小的地区，这就是它在全世界唯一生活的区域和数量，足见其珍贵稀有！

其实，历史上金丝猴曾广泛分部于我国西南、西北和华中地区。在亚热带到温带的丛林中，都有它们的身影。但在人类对生活空间的占领和气候的变迁影响下，只有三种金丝猴顽强地生存了下来。

因其皮毛的珍贵，金丝猴遭到了滥捕、滥杀。

保护金丝猴已是刻不容缓，但对它的了解，却是一张白纸。

要保护它，首先要认识它、了解它。

保护区的本底调查，是摸清家底——梵净山的植被、土壤、气象……对黔金丝猴的大规模考察，前后进行了三次，我们的考察队在野外度过了一千多个日日夜夜。

那时是穿梭在苗族、瑶族、土家族的村寨中，在一个个山沟、山垄中寻找金丝猴的踪迹。

记得很清楚，那是两三年之后，才在印江回香坪，海拔

刘先平

一千四百多米的林子里，第一次见到了黔金丝猴。那份激动到现在想起，还是热血翻涌。

那时的条件差，有时还有帐篷，有时就只能用茅草搭个棚子安身，和野人差别不大。这倒也有好处，猴子们不像见到红的蓝的帐篷那样惊乍乍的。相反，茅草棚子使它们感到平和。真的，住茅草棚子时，收获总是比住帐篷时多。

万事开头难。开始时，发现它们和四五十只一群的小猕猴们不一样，常常是八九只十只一群，有一大雄猴当家长，带着三四只雌猴和小猴及亚成体，形成一个小的家族。可有时又是八九十只一群，最多时见到三四百只一群，怎么回事？时间长了，终于发现它们在四五月、九十月时才结成大群。

原来九十月正是它们的交配期，翌年的四五月，是产仔期。动物的特殊行为隐含着种群发展的奥妙。

繁殖行为总是研究中的重点课题。

猴王突然喜欢大喊大叫

那年的九月，也就是这个季节，发现正跟踪的一小群的金丝猴，突然变得喜欢鸣叫。

大雄猴总是常常跳到树梢"呷呜！呷呜！"大叫一通，山野里响彻了急切的鸣叫声。

不是那种临风高歌，更不像长臂猿清晨时绵绵不绝的"啊！啊啊！"有种异样的情调……

是的，那天傍晚，我听到了远处也传来了隐约的"呷呜"声。

这边的猴王立即蹿到树梢上，更起劲地叫起。

那边也传来了叫声，清清楚楚。

不是山谷的回应。

这边的猴王立即率领猴群向那边赶去。

这可苦了我们——它们在树上飞越跳跃，疾如闪电。靠着两条腿，怎么也追不上，更别说我们还要爬崖涉水。

大家心里又慌又急。

好在它们时时叫起，两边一答一应，也给我们指明了方向。

一阵嘈杂的猴鸣声，在森林中掀起了波澜，像是穿山风打旋子……悠忽之间暴起，却又戛然而止。

森林里突然寂静了下来，静得我们都听到了自己的心跳声——

是呀！这群猴子是我们费了长时间才寻找到的。几天来，它们只是一边采食树叶、野果，一边游荡，活动的范围不大。

可今天怎么突然大喊大叫，迅速转移？

没发现猛禽、猛兽——金丝猴天敌的踪影。如有一点儿蛛丝马迹，不可能逃过我们几个人的观察。

怪异！

跟踪野生动物，特别是活泼敏捷的猴的艰辛，只有考察队员们才知道——它们在树上，占有了种种的优势。

跟踪，跟踪，一旦踪迹消失，也就失去了目标、方向。

大家焦急万分，我却隐隐有种说不清的感觉。

第二天，兵分两路去搜寻迷失了的猴群……

凭着感觉走。没到中午，我就找到了它们——

哈哈！多了十多只猴子呢！

一点儿不错，我们几天来观察的猴子就在这里——你看，那个头上黄毛中冒出一撮雪白的冠毛，非常俏皮。肩上的白斑又宽又长——确实是那个小家族中的猴王！

很快，我也认出了那群猴子的猴王——它腆着个像个小山丘的啤酒肚，覆着浓密的带有淡淡乳黄的毛，像是个大毛桃。

当时，我只是感到猴王的鸣叫声有些异样，但说不清楚，现在

刘先平

开始有些理解了，很可能是互相寻找、联络的信号。

正当我为这个发现沾沾自喜时，又有新的猴群来了。

几天之后，竟然集结到了一百多只，但并不都是因为猴王的呼喊，最少有两三群似乎是突然自天而降，事前没有一丝征兆、一点儿异常。

它们是凭着什么相互联系的呢？依靠什么信息寻找到了团体的呢？森林中确有它们构建的信息网络？

它们为什么要集结？就像候鸟迁徙一样，信风一吹，立即漂泊，在漂泊中集群，然后开始浩浩荡荡的几千里路的大迁徙？

兽类也是有迁徙的，且不说非洲的角马、野牛、大象，就说青藏高原上的藏羚羊也是迁徙的。角马、野牛、大象是为追寻丰美的草场。藏羚羊中只有母羊，由南向北跋涉几百千米，是为了集体去生孩子。公羊却全部留在原地。

金丝猴呢？结群是为了迁徙，还是……

我和同伴们猜测着、争论着……结论只有一个：在更加周密的考察中寻找答案。

黔金丝猴神秘的生活，正在展露端倪。

几天观察下来，并没发现猴群有迁徙的迹象，还是过着游食的生活。

秋天的森林，兴高采烈，醇厚、丰富。与春天时的百花争艳，有着另样的品格。猕猴桃、板栗、橡实、野核桃、红莓、蓝莓、花椒……各种野果都相继成熟了，金丝猴们个个都吃得圆滚滚的，游食的范围每天也只在两三平方千米的样子。

发现"千年矮"

那天黄昏时——是一九八三年——我们选了一片林下空地支起了帐篷。

清早一出帐篷，绿色炫耀——满目全是绿色。这种绿，不是翠绿、

　　到了梵净山下，看着那密密的森林中连绵的峰峦，起起伏伏，直到云端，好像直到这时才感到，这是一次艰难的跋涉。我们还要在林中寻找黔金丝猴，还要跟踪考察，又不知道它愿不愿意接见。要走的路程至少是一万个台阶。

不是深绿、不是嫩绿……我说不出准确的词来，那绿中似乎还泛着黄色、青色，甚至红晕……无可名状。

它绿得你屏声息气，绿得你想抑住心头的跳头，绿得你想狂喊狂叫，欢呼生命的灿烂——至今，我只有过一次那种说不出、道不明的感觉。

它的叶片像三四月的茶叶，茂密，齐刷刷地蓬勃斜上……

这不是大名鼎鼎的黄杨树吗？

黄杨的那种优美的树形、树冠，那种绿，使它成了庭院、园艺中的珍品。北方的冬季，万木萧瑟，只有它莹绿，洋溢着勃勃的生机，也就格外受到人们的宠爱。

黄杨是雕刻的优良材料，木质硬，纹理细致，有"木中之王"的美誉。

可它是小灌木呀，教科书上也是这样写的。它高不过四五十厘米，生长缓慢，一生如此；所以北方人送了它一个美名："千年矮"。

即使是在南方，长到七八十厘米高，已是伟伟大汉了。

可这里的，全都是五六米高的乔木、伟人！

最高的有七八米，胸径多在十五厘米，更粗的总有二十多厘米。其寿命应是百年以上。

这里山高，冬季冰雪，特别是冻雨后的凌灾肆虐。但我没有发现一棵黄杨有被冰雪压断的痕迹，个个坚韧倔犟。难得。

仔细观察之后，我确定它就是黄杨！

再看：

哎呀，有上百亩的范围；全是黄杨泛起的绿海！几乎是纯林！

平时在山野中看到的黄杨，可都是单棵啊！

大自然的造化，真是蕴涵了无穷无尽的神秘！

教科书上关于黄杨树的内容应该改写！

梵净山的植物世界太独特了，太多样、太丰富了！

刘先平

难怪它成了黔金丝猴最后的栖息地、避难所！

难怪昨晚选了这块宝地扎营，是林相的特殊、美丽。每一个新的发现，都会令你终生难忘，都是生命中的一次辉煌。

在野外考察，不说九死一生，但那种艰辛是常人难以理解的。可回到家中不到一个月，同伴又互相来询问何时出发。这就是探险生活的魅力，大自然的魅力！

三年后，我领着一帮记者来参观，让他们亲眼目睹植物世界的神奇，呼唤人们为子孙们留下宝贵的生物基因库。

这次还有个小故事：记者们只顾着拍照、采访，等到回程时，却发现云雾已经弥漫。没一会儿，我发现又走了回来——迷路了，只是在领着他们打圈圈。

只有一个办法，大家围成圈子坐下。好在记者们故事多，一直神侃到雾散天开。

母亲凶残地将儿子逐出家族

我们每天跟着猴群游荡，收集它们吃剩丢下的枝枝叶叶、果壳，拉下的粪便，了解它们秋季的食性。冬青、卫茅、玉兰、南蛇藤、花楸、野樱花、桑叶、头状花的叶和果，都是它们的食物。特别是玉兰花，它的花呀、叶呀，几乎被吃完了。真是情有独钟。

观察中发现，它们虽然结成了大群，但依然还保持着小家族的单元，一个大雄猴领着几只雌猴或小猴。在行进、采食时，都还在一起互相照应。

猴子们不仅吃得肚大腰圆，体毛也变得更加油光闪亮，灰色的泛着银光，黄色的闪着红彩，肩上的白斑纯净如雪。

特别是猴面的气色，大公猴的蓝色面颊闪着鲜蓝宝石的光彩，成年母猴的两腮漫起了淡红，尤其是眼晕显得迷离，像是蒙了层朦胧的雾……大自然正在将它们打扮一新，雄性阳刚高扬，雌性阴柔飞采。

又是一阵母猴的尖叫声响起。我们认识它，就是原先跟踪那群中的，长得异常漂亮，是猴王最爱的妻妾。它的面颊上有两个似有似无的凹窝，若是抛起媚眼，很像小酒窝。

它正在驱赶一只亚成体的雄猴，在树上叫着、扑着。那个猴子却是百般躲闪，就是不即不离……

那不是它的儿子吗？多少天的观察证明，确凿无疑。明显的特征是左边的耳朵比右边的似乎小了一圈。

曾几何时，妈妈还常常把它拉到身边为它捋毛——猴子表示最亲密的动作，还将采来的野果送到儿子的嘴边……看得我们都说：猴妈妈也溺爱。感叹溺爱孩子是母亲的天性。

现在，它对只是不走的儿子，却张开大嘴，露出锋利的牙齿，连连向它扑去。

它是被母亲一反常态的狂暴吓蒙了，还是犯了大逆不道？只是在树上审着，东躲西闪，连连后退。

待了一会儿，看着妈妈忙于采食，它又悄悄地回到猴群，慢慢地向妈妈靠去。

妈妈一发现，又撵了过来。

对于营群性的动物的个体说来，特别是像社群结构严密的黔金丝猴，最严重的处罚就是逐出群体。任何一只猴子，包括猴王，只要离开了群体，就根本无法应付严酷的自然、凶猛的天敌，其结果就是死亡。

尽管妈妈如此凶狠，大耳朵的行为也就理所当然了。

如是三番五次，妈妈愤怒无比，一改常态，不再只是恫吓，而是疾如流星地扑上去，一口咬住了它转身逃逸却留在后面的尾巴。

疼得它惊恐万分地大叫一声，闪电般地跑开了，拖着鲜血淋漓的尾巴。

那鲜红鲜红的血，滴滴答答往下流着……

刘先平

它逃走了，逃得远远的，躲在一处树杈上，恐怖、困惑、忧伤。

母猴如释重负地回到猴王的身边。猴王似乎轻轻地拍了拍它的背，是鼓励、赞赏？真怪，这玩的是哪出？

之前，它只是偶而瞭一眼母亲驱赶儿子的场面。

雄猴群崛起了

没两天，突然发现有了一个十多只清一色雄猴的社群。有成年猴，有亚成体。那个尾巴被咬伤的倒霉蛋正在其中。

在这个新出现的社群中，没有发现仔猴、老年猴。

它们是什么时候静悄悄崛起的？还是原来就被我们疏忽的情节？是偶然的还是必然的？这种行为隐含了什么？和繁殖有关？

这些雄猴来自于哪里？是来自于各个小的家族，还是来自于在山野流浪的孤猴？

在这个一百多只的大群中，雄猴群显得很特别：它们几乎总是躲在一边，神情复杂，行动诡秘，个个都怀有沉重的心思，显得郁郁寡欢。但又常常亢奋热烈，三两扎堆，似乎在密谋筹划……

这个雄猴群很不安分。

不久，它们的不安分就有了共同的特点——对雌猴的兴趣——特别是那些成年的公猴，总是十分隐蔽地向一些家族潜进。从神色看，注视的目标是猴王的妻妾。

只要猴王发现，总是愤怒地对它吼叫，那个偷窥者迅即逃之夭夭。若是对警告充耳不闻，猴王就会闪电般从天而降，张开大口就咬……

看样子，是在争夺交配权。

猴群游荡到一处大崖上。崖的三面陡峭得总有十多米高，有条飞瀑悬挂，崖上立满了粗壮的水青冈，间杂着椴树、野漆树……

看样子它们今晚要在这里夜宿了。

考察中发现，黔金丝猴对宿营地的选择，是有条件的；最喜欢像这样三面陡壁、食物丰满、水源很好的地方——防备天敌的夜袭。弱小的动物，总是把安全放在第一。

可对考察队员来说，就是最危险的地方。路难走还在次要，可怕的是这样的生境，马蜂以及毒蛇、毒虫特别多。

决定在此扎营，告诫大家特别提高警惕。

真是怕鬼，鬼就来了。

傍晚时，发现猴群最少发生了两次骚动。但它们在陡壁上，大家都看不清。是来了强敌，还是内部的纷争？

约是九点多，老范说想上去看看情况。我担心安全，没吭声。

没一会儿，崖上又传来了异样声。老范坚持要去。最担心的是炸群，若是，多少天的辛苦等于白费了。研究刚刚开始，对一个群体的考察，连续性很必要。

小秦自告奋勇和他一道去，我正在整理材料，又反反复复叮嘱注意安全。

遭到毒蛇攻击

不到二十分钟，一串急促的脚步声，惊得我冲出了帐篷。

小秦扶着老范，踉踉跄跄地回来了：

"给毒蛇咬了。"

老范还算镇静：

"没事，没事！"

脸色却苍白得吓人。

挽起裤脚一看，小腿上两个牙印清晰，已在上方四五厘米处扎了带子。这是防止毒液快速扩散，但每二十分钟要放松一次，肌肤不致坏死。

"看清是什么蛇？"

刘先平

蛇毒的毒液有血液型和神经型，还有混合型的，需对症下药才有效。这也是被咬的山民一定要找到毒蛇、打死的重要原因。

"从攻击的态势……花纹看……肯定是蝮蛇，不是……五步龙……就是烙铁头。"

算他有经验。

我赶快从急救箱中取出了抗蛇毒血清、蒸馏水，给他注射。

"我走在前面……谁知却让老范碰上了。"

我一边给老范注射，一边说："你惊动了它，它误以遭到攻击，当然要还一口。"又安慰老范说，"注射得及时，问题不大，但要吃些苦头。"

看着老范的发紫的小腿，虽然已注射了药，心中还是很不安，又要小秦熬了草药汤。他喝了后，竟迷迷糊糊地睡去。

小秦和我守了他一夜，谢天谢地，亏他被咬时看清了蛇的种属。

老范确实吃了不少苦头，伤口一直流黄水。但也有意外收获，他的关节炎居然不疼了，几年都未犯。

在野外考察黔金丝猴的一千多个日日夜夜中，老范不是唯一被蛇咬的。

还有一种小黑虫，咬你一口就肿起一个大包，痒得钻心，抓破了就化脓。马鹿虱子更厉害，叮起人来，翘着屁股下狠。民间传说，被它叮咬后，会影响生育……

野外考察，哪能时时都有药用，好在梵净山中草药多，被叮咬多了，也就晓得采些冬青叶子、七叶一枝花、天南星科的植物等，揉碎了敷上。

天蒙蒙亮，我就去猴群栖息地了。

还好，它们还在那里。有好几只正睡眼惺忪地伸懒腰。一夜的牵挂总算落到了实处。

仔猴们的瞎掺和

确实感到猴群有异样，不是惊恐……是什么呢？好像是……亢奋……

我们一直跟踪的这个小家族中，似有酒窝的那年轻美貌的——就是凶悍地将儿子逐出猴群的母猴，总是想方设法依偎到白毛猴王的身边，边为它捋毛，边用妩媚万种的眼神在它脸上不断抚摸。

另外两只母猴也偎到猴王的身边，三只母猴扎成团，挤挤推推。

猴王还是首先看中了美人，开始和它交配。正在得意时，家族中的仔猴们却拥了上来，有的拉它，有的推它。更有一只小猴抓起它的长尾……它还是那样漫不经心，只顾继续……

我在野外考察动物多年，还从来未见过繁殖期交配时这种情景，太离奇、太古怪了！

动物诡异的行为，总是隐含了特殊的习性。尤其是繁殖行为，直接关系到种群的生存、繁荣或衰落。

突然它大吼一声，龇牙咧嘴，闪电般地腾起，跃向五米开外的树枝上。

不久前还向它偎来的妻妾，已被一只年轻力壮的公猴引诱到了那里，正在相互抚摸。

那个偷情贼毫不畏惧，也张口露出尖牙迎了上去。

眼看就要生死相搏时，偷情贼在空中却一扭腰，斜向飞出，又在树枝上连连腾跳，逃得远远的。

那个母猴一脸的无辜，躲闪着猴王投来的犀利目光，慢吞吞地回到了家族。

这出自然上演的戏剧，激起我心头的无限思绪。

难道这就是母猴要撵走儿子的原因？

刘先平

难道这就是猴王交配时，仔猴们不依不饶瞎掺和的原因？

那个偷情者，来自于雄猴群。

这就是雄猴群崛起的原因？

你们作家创作时需要灵感，搞自然科学研究的也需要灵感，智慧的火花照耀着探索的方向。

黔金丝猴一个小的族群中，猴王的地位至高无上：有优先进食权、独霸交配权，拥有三四只成年母猴作为妻妾。但同时具有带领、保护猴群的职责。猴群没有了，哪有猴王呢？

猴王不是世袭的。

性成熟的亚成体的猴子，必须离开家族，去独立开拓生活。那个一定要被逐出家族的大耳朵，说明已是性成熟了。

它们将去别的家族争夺王位。依靠聪明才智打败、赶走原来的猴王。只有当上了猴王，才能取得交配权。这是为了避免近亲交配，以最优秀的基因保持种群的强大。

成年的雄猴有的是根据自身肌体的躁动——生命的节律——自动离开的，也有的是被母亲赶走的。

黔金丝猴是哺乳动物，断奶、驱逐仔猴的依恋，母亲才能再次发情，参加繁殖。

种群的利益总是高于一切。黔金丝猴的世界也遵循这一自然法则。难怪老子说道法自然。

同时，集群行为的意义，在这里也可以找到答案，是为了生殖流的健康运转。当然，并不这样简单。

动物行为学，黔金丝猴的生活还有着太多的神秘，需要去努力揭示。"人"也只是高等动物；野生动物的行为，与"人"的行为有关系吗？……

就譬如说，母猴那样横暴，甚至凶残地驱赶自己的儿子，那是一种爱，一种最为崇高、深沉的母爱……

　　看着老范的发紫的小腿，虽然已注射了药，心中还是很不安，又要小秦熬了草药汤。他喝了后，竟迷迷糊糊地睡去。

老杨陷入了沉思，我赶快为他的茶杯续水。

月色如水，山影朦胧，清风徐徐地吹着，我们感到了秋意珊珊。纺织娘、蟋蟀……都在尽情地演奏。

黔金丝猴也励志教育？

待到老杨从沉思中回来，我说：

那年看到一只白头黑身的小鸟，成天趴在窝里孵蛋，只靠雄鸟来喂它。待到雏鸟出壳，才和雄鸟一同出去觅食，哺幼。

有天，它急急忙忙回来了，刚趴到窝中展开翅膀，草起吱吱叫的孩子，疾风暴雨就赶来了。鸟巢虽然隐蔽，但每天都要被太阳照到一会儿，那鸟总是能及时赶回来伸开翅膀为孩子们遮阳。

最奇妙的是太阳每天照到巢的时间要向后退一点，母鸟仍然非常准时地来为雏鸟遮阳，它凭什么能感知地球运转与太阳的时间差？

这引起我极大的好奇。

可有一天，它却疯狂地扑打着巢中的雏鸟，还连连嘴啄脚蹬，小鸟们一个个地飞出了，飞到了广阔的天空。

在我的家乡，还有种习俗：断想饭。

地少人多，所以当孩子到十四五岁时，父母总是要孩子们远去他乡学门手艺。

临行前，父母常常无缘无故地向那即将远行的儿子发脾气，绝不给好脸色看。离家前的一顿饭，是最糟糕的饭食，不是苦野菜熬粥，就是难咽的糠菜团子。做父亲的，还借故要把儿子暴打一顿。

这是否也是励志教育的一种？

父母的良苦用心：别想家，去奔自己的前程……

别对崛起的雄猴群漫不经心，它们将上演着黔金丝猴世界最精彩的故事……

刘先平

首席科学家老杨的故事之二

三月的梵净山

那年后来的考察，对黔金丝猴的集群与繁殖的关系，已有了些发现，要做更深入的研究，还有待于对繁殖期的全程考察。

第二年，看到低山区的玉兰花开了，我们也就上山了。

玉兰是未叶先花。在淡黄色的树枝上，盛开着一朵朵洁白的花朵，真像碧海中浮起一只只白玉酒杯，很使人想起"葡萄美酒夜光杯"的诗句。直到盛花期，绿叶才开始萌芽展叶。老乡们又叫它报春花。

同一种花的花信是随着海拔高度渐次展放的。

三月的梵净山，杜鹃、蔷薇、梓夷渐次灿烂。特别是杜鹃花，品种多、花色丰富、花盘大，获得了木本花卉之王的美誉。云贵高原是杜鹃花的故乡啊！那真是花山，映得溪水也五彩缤纷。

黔金丝猴既然爱吃玉兰花，我们就循着玉兰花的踪迹去找它！

循着指示物种让我们省了很多的徒劳。很快，在虎头崖那边找到了猴群。

"白毛猴王"、"隐形酒窝"都在。"隐形酒窝"已挺起了大肚子，另外一只母猴也怀孕了。雄猴群很显眼，"大耳朵"正和哥们儿在玩耍。证明确是我们去年跟踪的那群。

经过一个万木萧瑟的冬季，尤其是高山的冻雨、冰凌——食物大量减少，给黔金丝猴的生活带来了极大的影响。

春风一踏进梵净山，猴群就追着嫩叶、繁花向低海拔处流动。

婴猴的诞生

几天的观察发现：它们采食的时间长了。经过严冬后，极需增加营养，恢复体质，尤其是那些怀孕待产的母猴。

但同时发现猴群较为密集……这样说吧，秋天时，这群猴很散漫，占据着大片的林子，疆界大。但现在采食时，喜欢扎堆，占据林子的面积小了。

尤其是怀孕的母猴，总是凑在猴王的身边。那天"隐形酒窝"只顾大把大把地吃玉兰花，正在津津有味时，突然慌里慌张地东张西望，待看到猴王在十多米开外，就迅速地跳到它的身边，偎依上去，满脸的哀怨。感动得猴王把正在吃的长满紫红嫩芽的树枝给了它……

这带来了一连串的发现，几个家族中怀孕的母猴几乎全都不离猴王的左右。

是撒娇，还是蕴涵了孕猴的特殊心理？

那天早晨，真是个好日子。

刚接近猴群，就看到"隐形酒窝"抱着一个婴猴。

它是那样的小，估摸也只有斤把重；毛茸茸的、粉红的脸，微闭着双眼。妈妈不时地在它头上、脸上亲着……猴王也常去扒开它妈妈的胳膊，探视孩子一番。

把考察组的人看得心花怒放，多少日日夜夜的辛苦、危险，都化作了喜悦。

人类博大的胸怀，终于使我们走进了它们的生活，窥视到它们神秘的繁殖行为的一角。

它是什么时候生的？夜里？

临产前的征兆呢？产房在哪里？是地面还是树上？是谁断绝了母子相连的脐带？

众多的问号，研究课题的要求，就是无声的命令，大家兴奋地钻进了密林潜伏，希望揭开这些神秘。

尽管我们想尽了办法，什么苦都往下咽，还是没有观察到婴猴

刘先平

的出生。

有一天，以为看到了母猴临产前的征兆，我们潜伏了七八个小时，身上全是小虫咬的大包小包，还是未能观察到婴猴的出生。

只是隔三差五，就看到又有了新婴猴。最多的一天，三只婴猴同时出生。

每个新生猴的降临，都给猴群带来了喜悦。每个婴猴都得到家族成员和整个猴群的爱护。

还能全是在夜间分娩的？虽然我们打破常规，开展了夜间观察，仍然一无所获。从婴猴出现的时间看，也不像。

我喜欢难题目。难，能调动你所有的活力，使你期望着明天。每天都是新的一页。

算我幸运。

那天下午大概是两三点钟时，我发现了"白毛猴王"这群一只待产的母猴，有些烦躁。它扳了树枝，只吃两口叶子就丢掉了；总是在树上跳来跳去，但很少跃起，只是攀援着；表情似乎有些酸苦……

它的异常，轻轻地敲击了我的心灵，眼不眨地注视着它。

它叫了一声。不，应该是哼了一声，似是强压着痛苦，缓缓地坐到一个大树杈上。

就是这轻轻的呻吟，猴王像是听到了号令，立即靠近了它。

只一会儿工夫，家族中的猴子拥上来了，将那只母猴团团围住。

虽然看不清母猴，但围着它的猴子却个个神色凝重，就连最顽皮的小猴也很少动一下。

母猴痛苦的呻吟，已变成了喊叫，在森林里特别慄。

来了强敌大嘴鸦

感到天空有个影子，抬头看去，突然，"呱！呱！"老鸦的叫声骤起，在森林的上空。

猴群像是听到了枪炮声，面露恐慌。

是巡山的，还是过路客？

"呱！呱！"声中，在森林上空有了回应，这里那里都响起了这单音节的嘶喊声。没一会儿，无数的黑老鸦浮出绿海向这边聚集。"呱呱"声连成一片。

它们飞着、叫着，全往这边赶来。好家伙，总有七八十只。

看清了，不是红嘴山鸦，也不是秃鼻乌鸦、白颈乌鸦，它们的嘴粗壮阔大，比渡鸦的体形小——是大嘴乌鸦。

这种鸟和喜鹊一样，是村寨边常见的鸟。但它们也栖息在海拔稍高的森林中。

它总是先耸肩、低头、伸长脖子，完成这一系列程序才能挤出"呱呱"声。那叫声也就特别地难听。

山民们都不喜欢这种声音，不吉利。但这家伙特别爱叫，尤其是晨昏两时，吵得人心烦。

其实它非常机警，一有异样，总是立即叫起，人称"报耳神"。

它是森林中的侦察兵，又是尽职的哨兵。野兽们厌它又爱它，因为在天空，能观察到它们看不到的情况。猎人们也是厌它又少不了它。它能通风报信，对行猎有帮助，也能搅黄一场即将成功的狩猎。

所有的家族，都躲到树冠的下层。母猴紧紧地抱着孩子，仔猴们都靠到母亲的身边。几乎停止了一切行动。

从没听说它和金丝猴是仇敌呀！是乌鸦路过时偶然的发现，还是母猴恐怖的叫声召来的？

是在空中发现母猴临产？

神奇而可怕的家伙！再说它的飞行速度很慢，半天才扇动一下膀子。不具备猛禽飞行的速度、攻击的力量。

刘先平

151

心里虽然敲着小鼓，眼睛却只是盯着还围在树杈上的猴群。

母猴叫声更恐怖、更频繁了。

乌鸦们的叫声也更近了，有几只已飞到猴群的上空，只是往下看了一眼，好像是窥视或证实，就更起劲地叫起。

顷刻之间鸦群黑压压一片，罩在"白毛猴王"的树冠上空，它们盘旋着，井然有序。圈子越盘越小，像个黑色的旋转魔阵向下压去。

大嘴鸦展开了巧妙的攻击

它们的目标已非常明确。

真是碰到鬼了，怎么在这时来了这些丧门星？它坏了我难得一遇的观察，更可能惊散猴。

按理，我只要从潜伏地站起，哪怕是做个扔石头的姿势，那些机警的黑老鸦也会惊走；然而，猴群也肯定要受惊；更何况我相信发出那种痛苦的喊叫的母猴正临产呢……

虽然鸦声吵耳，还是隐约传来母猴的叫声渐渐小了……

猴群有树枝、树叶的掩护，大嘴乌鸦奈何不了它们……

不好，有几只大嘴鸦从林隙中飞进来了，还叫着，目标正是"白毛猴王"这边。

干吗，还真想下手？

"白毛猴王"全身一凛，双目如电盯着大嘴鸦。

别的家族，有几只小猴悄悄地移动，似是准备逃逸……

猴王威猛地叫了一声，小猴们不动了。所有的猴子都注视着飞贼，注视着"白毛猴王"的家族。

更多的大嘴鸦飞进了林子，大批地拥向其他的家族，只有少部分飞向"白毛猴王"。队伍也有了明显的变化，不再盘旋，而是上下乱窜。

有两只一声不吭，侧翅飞了个小回旋，向"白毛猴王"飞去。

"白毛猴王"正收肩待发时，像是猛然想起什么，只是对着大嘴鸦狂喊一声，还没忘了用眼角的余光关注着围圈。

大嘴鸦只是回旋、躲闪一下，又向它飞去。

有两只仔猴愤怒地大叫，跃起迎击大嘴鸦。几只大嘴却转身就走，毫无硬闯强攻的念头。

大批的大嘴鸦拥进了林子，对其他家族穿梭飞行，大声恫吓。它们虽然没有本领展开锐利的攻击，却像个无赖一样，死缠烂打……

不，不，我心中起了不安，这是它们的一种战术——

动物在发起攻击时，如在力量上不占有绝对优势，它们会采取各种战术来等待对方犯错误。对方的错误就是它的机会。

大嘴鸦们现在就是这种战术，一部分在森林上空盘旋，一部分在林中骚扰。担任骚扰的颇有章法：看似主要攻击目标是其他家族，只是佯攻。其实重点仍是紧紧盯住"白毛猴王"。意图很清楚：要将它们分割开来，撵走了大的集群，只留下一个小的家族，那正是狠下杀手的时刻。

它们就是这样上下翻飞，飞得你眼花缭乱。它们狂喊乱叫，吵得你心烦意乱，扰得你坐立不安……逼迫或诱惑猴群轻举妄动……

它们似乎非常清楚临产的母猴处于最弱势。

跑呀！猴头们，还不赶快跑！只要发挥出你们在树上飞挪腾跳的特技，大乌鸦什么办法都没用了。

猴群骚动了。但每个家族的猴王都只是喊叫，似乎有着后顾之忧？是的，几乎每个家族都有婴猴和待产的母猴——最大的后顾之忧。

猴王没有发出转移的命令，猴群坚守在林中。坚守着群体，不放弃，不抛弃。

刘先平

大嘴鸦们分割猴群的企图失败后，立即改变了策略，更加肆无忌惮地向"白毛猴王"这边扑来，如乌云汹涌翻卷。

眼看猴子们就要遭殃……

特种部队自天而降

我听到了婴猴的啼叫。真真切切，是婴猴的啼叫。就是从"白毛猴王"那边传来的。

婴猴来到世界的啼叫，如嘹亮的号角。

猴王尖锐地叫了一声。

神了，一群猴子从树冠中跃起，在天空飞驰、腾跃、攀枝悠荡，闪电般向大嘴鸦们扑去……

它们全都借助树枝的弹力，腾越在空中，伸出长臂，直取大嘴鸦……

——彩霞迸射，五颜六色，大有神兵天降的气势。

黔金丝猴们在飞行中对大嘴鸦猛烈攻击，一击不中的，只是在空中转体，跃上树枝，再行攻击。

霎时，羽毛翻飞，黑影飘忽。

被抓住的大嘴鸦扭头就啄，猴子疼得一哆嗦，它也就扑棱着翅膀逃脱了。

大嘴鸦不占优势，但它们就是不离开林子。

这群天降神兵，展开了更加凌厉的攻击，猴群也呐喊助威。

大嘴鸦乱了阵脚，有几只飞出林子，退出了战斗。

猴王轻轻地叫了一声。

在猴群边缘的家族开始移动了。大嘴鸦们似乎商量好了，专门围着"白毛猴王"家族。

神兵们冲来了。

"白毛猴王"行动了。猴子们一散开，母猴怀中有了婴猴，它用左手紧紧地抱着自己的孩子，只能使用三肢，使它在树上的行动很

　　大批的大嘴鸦拥进了林子，对其他家族穿梭飞行，大声恫吓。它们虽然没有本领展开锐利的攻击，却像个无赖一样，死缠烂打……

困难，但它坚强地跳起落下。

"白毛猴王"在它身后，关注着它的每一个动作。

"隐形酒窝"也抱着孩子跟在猴王的身后。

整个家族在向前运动。

平时，仔猴随着母猴转移时，总是面朝上，双手抱吊在妈妈的腹下，成了妈妈飞行时的乘客。

神兵们护卫着"白毛猴王"家族，边和大嘴乌鸦周旋，边跟着猴群转移。

猴群闪电般地消失了。

大嘴乌鸦只是追了一小段，也像被大风劲吹，烟消云散了。

我长长地舒了一口气，庆幸猴群的胜利，庆幸自己没有贸然行动……这时才感到内衣冰凉地贴在身上。

但我高兴，简直是心花怒放。这么多天来困扰我的一个个问号，似乎都在打开：

黔金丝猴小家族的集结，形成了较大的群体，是因为在繁殖期，猴群处于弱势，有各种因素影响着交配，如果这个时期没有相应的保证，绝对危害种群。

怀孕、分娩期更使猴群处于危弱。待产的母亲不仅行动不便，受到惊吓后可能造成流产，需要猴王、猴群的保护。婴猴、待产的母猴、仔猴总是最易受到伤害。

在残酷的生存斗争中，使社群得到了进化。社群的进化，使它们要为度过这一特殊时期，采取了强有力的措施。

和所有的营群性的动物一样，依靠庞大的群体，才能相互照应、迷惑天敌、分散它们的注意力，减少损失。

那队似是自天而降的神兵是雄猴群！

离开家族的成年猴——它们既是猴群中的特种部队，又是猴王的挑战人、未来的猴王！

刘先平

　　这一切几乎可以释开我们心中的谜团，也揭示了黔金丝猴神秘的生活。

　　为了适应残酷的生存竞争，黔金丝猴形成了独特的社群结构。尤其是公猴群的集结、承担的任务，有着对保护种群生存、发展、强大的意义。

　　可我始终不明白，大嘴鸦为何要攻击黔金丝猴。对于黔金丝猴天敌的了解，是考察的重点项目。

　　直到两年之后，有次在一位土家族老乡家借宿，主人才为我揭开了谜团。

黔金丝猴为何与大嘴鸦结下冤仇？

　　他说——

　　你别看大嘴鸦飞起来慢吞吞、有气无力的样子，它可又凶又狠。凶狠在那个粗粗壮壮的嘴——能将花生从地里掏出来，对野核桃三凿两敲就打开了。

　　我亲眼看到一只摔伤的麂子身上，落了一群大嘴鸦，又啄又撕，旁边还有黑压压一片，轮番而上，活生生将一只麂子吃了。

　　那年，在断头崖那边，我亲眼看到大嘴鸦将黔金丝猴围困了一个时辰，硬是将猴群赶走，留下了一只母猴，然后一拥而上，生拉活扯从母猴怀里抢走了婴猴！

　　有年冬天，我在山里烧炭，看到几只猴子爬到大嘴鸦的巢里，抓起里面的东西猛吃一顿。又抢又扯，不一会儿工夫，连巢也散了架子。巢里的东西稀里哗啦落了一地。

　　我好奇，赶去看，猴子们跑了。你猜窝里掉下的是啥子？

　　花生、玉米、粟谷、野栗……

　　大嘴鸦藏粮过冬呢！难怪它们平时总是往窝里运食物。花生地要是让它们看中了，不要两三天，能把土里的花生掏个尽。

在山窝窝里烧炭苦呀，跟野人差不多。我也找大嘴鸦的窝，一个窝里都有五六斤的粮食！那年，却过了个肥年。可要当心啊，要是给黑老鸹看见了，你的日子就不好过了……

它们还不结下了仇！

我怎么忘了红嘴蓝鹊敢和毒蛇作战？

大嘴鸦和红嘴蓝鹊是同属一个科的鸟啊！

老杨沉浸在思绪中，是跋涉的艰辛，还是发现的喜悦？

我没有打扰他，只是享受着秋风的凉爽，听着一种噪鹛在黑夜也不停止的演唱，心灵却追随着他在山林中游荡……

老杨的抗争

老杨说：

明天我只能领你们看到黔金丝猴就要走，只好请老张领着去考察营地。

大雨耽误了时间。

对了，你们可以找找慕容。在野外，女同胞有很多的不便。她和我们一样跋山涉水，同样过着野人一般的生活，是个了不起的女考察队员。她的考察笔记写得很精彩，不妨借来看看。

我说：怎么这样急？

他深深地叹了口气，很沉重：

我是一九七八年来筹建保护区的。经过二十多年的努力，应该说都已走上了轨道；尤其是使保护区周边山民富起来，以事实来说

刘先平

158•

明保护的意义。现在周边的群众已自觉地保护黔金丝猴和它生存的环境。他们是保护区的中坚力量。

正是因为山绿了，生态日益好了。有人看了眼红，打着"发展经济"的旗子，堂而皇之要将保护区变成旅游区……

眼下正是斗争紧急关头！

总不能坐视全世界唯一的黔金丝猴种群在我们手里消失吧？总不能不管生它养它唯一的栖息地梵净山被毁吧？

我们心里清楚，可有些执掌大权的人只要"政绩"，根本不清楚这是犯罪！且必将要受到千秋万代的唾骂！

我就是要去讲这些道理，去抗争！

可见你说的在全民中树立生态道德多么重要，是我们实施可持续发展的基本点。

一片乌云遮去月亮，大山黑黝黝地沉重……

我的故事

——遭到猴王的三次袭击

好一片枫杨林！枫杨高大、挺拔！浓密的树冠翠绿如云，几只白鹭点缀，映着清亮的溪水，充满了诗情画意。

别有风韵的枫杨林是河岸漫滩的标志树种。

常说贵州"地无三尺平，天无三日晴"。在梵净山的森林中，我们几乎忘了这句民谚。可一见盘溪两岸就显示出了溶岩的真面目，光滑的石面之下，全是形态千奇百怪的溶洞。一条碧绿的水，映着两岸的林木、野花……

老杨是中等身材，步幅不大，可我一米八二的大汉在后面几乎要小跑着才能跟得上。

"前面就是盘溪营地。"

老杨的话刚落声，林中显出一组建筑，还有一长方形大围栏。

他肯定是看到了我的诧异：

"你以为营地就一定是茅草盖顶？这是林业部下达的课题，研究人工繁育，同时又是黔金丝猴的救护中心。条件总要根据项目的需要嘛！"

看我没有应答，他又说：

"雌黔金丝猴两三年才怀胎一次，影响了种群的发展。现在已成功地繁育出了第二代。人工繁育也是保护物种的重要措施。别因为没看到在野生状态下的黔金丝猴而失落，等看了后再说吧！"

这家伙鬼精鬼精的，背上好像长了眼，把我心思看得准准的。

他回头，送了一个诡谲的笑容，还顽皮地眨了眨眼，真是山野中的性情人。

"你们是怎么把它们请来的？"

"这可是个秘密。对你同样不能透露。过去，由于它的皮张华丽，价格昂贵，猎人们是枪打网套。我们当然文明得多。"

"你们征得了它们同意，是自愿走到这里的？"

他有些语塞，随即又说：

"原则倒是可以透露一点，为选这一社族的猴子，可是花了大心思——不能影响家族。就是说猴王出走后，它那个家族经过调整，还能保持原有的'编制'，不至于'树倒猴狲散'。这个难题本身就是个重大的课题。我们做到了，你能想得出吗？"

他充满了自豪。我也觉得他完全有理由自豪。因为要能做到这一点，确实需要对黔金丝猴的生态有较深的了解。

"后来的跟踪证明了？"

"这还用问？"

铁栅栏总有半个足球场大。

一只大雄猴坐在石头上，只向我们瞭了一眼，就仍然和它的两个妻妾共进早餐。倒是两只仔猴瞪着好奇的眼睛，但也未停止进食。

刘先平

我注意到它们，没有惊恐，没有逃窜。

"它们可是全世界第一次在人工条件下，来到这个喧嚣世界的宝宝。喂！你们第一次接见外宾就是这样？少了点礼仪吧？"

老张说，研究中心尚未对外开放。

可它们也都只是看了看老杨，是熟视无睹或置若罔闻？

我和李老师、小罗都一声未吭，好像商量好了，要看老杨的独角戏。

我向猴王那里走了几步。老杨看到我正注视着它的面孔：

"蓝色，蓝色的面孔，真漂亮。神话故事中的魔鬼，都是青面獠牙！有种阴森森的凶残。它蓝得翠，生动、明朗，翠得有种晶莹的光透出来，形成了层次，就像钻石、宝石一样，不同的角度，异彩闪烁。猴面稍有变化，都是它们喜怒哀乐的不同表现。认虎、认大象先认脸，认金丝猴也是先认脸，它们没有两个相同的面孔。

"相处长了，你就懂得七彩猴面的变化。

"与滇金丝猴、川金丝猴相比，整个脸庞三角形的特点更明显一些，眼窝更深陷，上唇更肥厚。

"肥厚的嘴唇，总是使人感到敦厚，可深陷的眼窝又总是使人感到深沉、剽悍。它就是把这些对立的象征，通通集中到这不算大的脸盘上，形成了一种和谐的美。

"对立的和谐总是表现出一种特殊的美！"

虽然听得有些心动，我还是提不起兴致，也就是说，心里还没产生兴奋点。

更奇怪的是，心里突然冒出了朋友猎人小张的名言："被关在笼子里的老虎、豹子都只是牲口。"

失去了野性，哪里还能展现野性的美？

内心很是失落。

但我还是去拿出了摄像机。李老师照相机的快门也一直没有响。

给老师一个眼神，意思是开始工作吧。

担心距离近了会惊动猴王，所以只在十多米的远处选取场景。拍一些它们的日常生活也不错。

那只毛衣正在变色的仔猴——刚生下的婴猴浑身的绒毛稀疏，颜色较淡，随着月龄的增加，体毛渐渐浓密，灰色的毛端变为黄色，开始闪烁着金色的光芒。

它正用手扳起脚来，用冒出的小白牙咬指甲，专心致志，不断掉换着角度、指头，好一副憨态可掬！

我常见猴子扳起脚来咬指甲，这是代代遗留的爱好？它的妹妹却不断拉它的脚，不让它咬指甲，它就不屈不挠地排除干扰，绝不放弃。它们的父母还在悠闲地进餐，猴王正背对着我们。

我连忙将摄像机镜头，从栅栏的空当伸去，调配着距离、光线，等待它们最佳的表情。突然镜头一黑。肩头发出刺啦一声。

等我本能往后退了两步，只见猴王已蹲坐在四五米开外，张着大嘴，露出锋利的尖牙，怒目相视。

一片惊愕的沉静。

李老师闻声赶来了：

"衬衣撕烂了？"

真有些惊魂未定的样子。是的，我的衬衣的肩部被撕成一个长长的裂口，直到袖子。

奇怪，它不是在十多米开外吗？还背对着我。

"受伤了没有？"小罗、老张都急忙跑过来了。

看我并未带伤，老杨怪声怪气地大声说：

"旧的不去，新的不来嘛！"

这家伙有点不厚道了。

我将镜头伸进还不到一分钟，猴王背上也长了眼睛？或者说它有后视镜？否则怎么发现我在打它们的主意？

还真神了！我不信。

刘先平

我的牛脾气也上来了。原本只是随便拍拍，既然不让我拍，还非拍不可呢！

我叫小罗、老张、李老师都帮我看着，监视着猴王的一举一动，随时发出警报。

但还是学乖了，让小罗靠在我身边。

两只小猴不玩咬指甲的把戏了，一个劲儿地互相打闹。你拽我尾巴，我抱你的头。

待到一只母猴依偎在猴王左侧，温柔地为它捋毛——这是最亲密的抚爱，也是猴王身心最放松的时候……

我悄悄地将摄影机的镜头伸进栅栏了，目光却看着猴王。从背影上看，它正在享受、正在陶醉。

镜头中正是这幅景象，但距离不太理想——那时小型摄像机的功能缺陷多——正在调试中，镜头又是一黑。

我迅即后退，却吧嗒一声，跌了个仰巴叉……

在一片惊呼声中，猴王已经转身，四脚落地，迈步走了。它将又长又粗的尾巴高高举起，不断摇动，如一面猎猎作响的凯旋大旗，走向满脸兴奋、迎接它的妻妾！

我可狼狈了，因为要护着摄像机，跌得实实在在。

小罗拉了两次，我都没有坐得起来。还是李老师细心，一把夺去我手中的摄像机，我这才用手撑地站了起来。

我跌在一块湿地上，成了个泥猴子。

幸好还没有大碍，只是感到尾椎骨很疼，大约是石子硌的。

几人七嘴八舌：

"它太快了。"

"还没来得及喊呢！"

"它是专找刘老师。我俩站一块，都未及挡一挡，拉一把。"说这话的是小罗。

"你跟'四不像'较劲的身手哪去了？"

　　一只大雄猴坐在石头上，只向我们瞭了一眼，就仍然和它的两个妻妾共进早餐。倒是两只仔猴瞪着好奇的眼睛，但也未停止进食。

"它专找刘老师，你叫我有啥法？"

怪，四五人在场，它怎么专找我呢？不就才打照面吗？前世无冤，后世无仇呀？

"刘老师，真有你的，六十多岁的人，行动真敏捷！"

这个老杨，我恨不得抽他的耳光，有这样损人的吗？

心里思潮翻涌，懒得理他，我记起了沉淀了二十多年在黄山考察短尾猴，遭到猴王攻击的情景：

考察队刚将一群猴"赶"到预选的山谷，天降大雪。黄山一片银色世界。

那天傍晚，我从考察点下来，从山上摔下，跌伤了腿。

第二天无法再爬上架在大树上的观察点，又要隐瞒伤情，不致被撵下山。我就出了个题目——给猴王照相。研究纷纭的猴相是我提出的，队长认为很有意思。

若是在野外给猴王照标准相，那是梦想，但现在条件基本成熟。

大雪封山后，短尾猴的食物极度匮乏。考察队利用这个机会给它们投食——送苞谷米，已经基本成功。猴子们开始习惯每天听到一首山歌后，就去取食，而猴王总是第一个去取食。等它吃饱了回去，别的猴才按等级来取食。

投食点也是经过精心选择的，是一个崖头。因为研究的课题最后是要将这群猴全部捕捉，进行各种检查，戴上跟踪标志后，再放回山野。投食点，其实就是以后的捕捉点，为捕捉作准备。设计得很好。

我们埋伏在距猴王来投食点的五六米旁的大崖边。那时只有一部海鸥照相机。我端着照相机在那儿守株待兔。考察、观察都已证实，肯定是猴王第一个来取食。

只要它一露面，我咔嚓两声就行了，简单便当。

投食人将苞谷米撒了，山歌唱了，可很长时间都没有猴王的影子。

正当我等得不耐烦时，听到身后左侧有响声。刚看到猴王，它已凶猛地向我袭来。急得、慌得我只好悠起照相机当自卫武器，它

刘先平

伸手就来抢……

衣服被抓破了。腿上的伤口又重新撕开……

于是，我相信猴王在森林中，建立了信息网络。

可这是被粗钢筋高高围起的铁栅栏呀！场地中只有小块的草地，不是丰富的森林。

难道它们的肢体、毛发也是信息网络的一部分？有的蛇依靠对温度的敏感，探知外界。有的昆虫依靠触须、皮肤测得外界的变化。黔金丝猴怎么可能每个毛孔都是传感器、在大脑里能形成完整的图像？

这不仅神奇，还确有魔幻。

当然，也有一种可能，那只有老杨才可能做到。猴王是能接受驯养员的指挥的。

看我又准备拍摄，都说算了，别惹出事来。李老师更是百般劝阻。

我注意到老杨似只是看热闹，一言不发，但眼睛里却闪着狡黠。

怎么可能放弃这样的机会？

但我多了个心眼，不等老杨说什么，就指挥、强化了监视猴王的措施，甚至详详细细地分配了各人的任务。

我找了个借口，要李老师特别注意老杨的一举一动，尤其是要防止他给猴王发信号。刚才分任务时，我就有意把他和李老师分在一起。

我默了默神，又对四周检查了一遍，看看是不是还有什么疏漏。直感到严密、妥当，才向大家发了坚守岗位的信号，向给自己选好的位置走去。

常说，在一个桩上绊倒两次的人，是蠢人。我不想当实足的蠢人。

这次，离猴王最少有二十米。

这一家五口的生活很平静。好像什么事都没发生，而刚才两次攻击我的猴王，只是幻影。

现在是两个妻子，一左一右地为它捋毛，不同的是猴王将两个孩子拢到了身边。很好，猴王仍然是背对着我，只是稍侧了一点。

小罗尽职尽责地站在猴王能看到的地方，做着种种动作吸引猴王的注意力。

猴王没咋地，只是偶而瞭一下他，继续享受着生活的快乐。小猴们乐了，刚想往小罗处去，就被猴王抓回来了。

我将摄像机的镜头伸进了栅栏，眼对着取景器，但突然离开，收回了摄像机。

猴王毫无反应。

大约三分钟后，我又做了摄像动作，一分钟后同样放弃。

是的，我要演戏。我装模作样地摄像，百倍警惕猴王的攻击，眼睛并未贴上取景器……

我觉得这是个充满人类智慧的好主意，既保护了自己，又能发现猴王行动的奥秘。

"干吗呢？还不赶快拍！"李老师在那边喊着。

我又做了两个假动作。

一只小猴突然拽着猴王的长尾，另一只小猴却爬到猴王的头上。猴王只陶醉在爱妻的抚爱中，不恼不躁。

太精彩了，我忍不住拍摄的冲动。

最多五十秒吧，镜头有了异样……

没有谁发出一声警告。

只见一个飞起的彩色身影，闪起一道虹霞射来，双手前伸，如剑如戟，直扑我的面门……

彩色的面孔……

刚看到狰狞恐怖的獠牙，我感到头上有了剧痛……

心里却狂喜如潮，激得我跳起大叫：

"野，野性！美极了，真美呀！"

猴王却吓跑了，不是四脚落地，高扬着长尾，是极灵活地在空中做了个转体，随即双脚在栅栏上一蹬，已侧身斜向飞去，落到正注视着一切的小猴身边。它再返身看着我。

狂喜，极度的兴奋，一浪高似一浪：

"猴王，我为你骄傲！"

大家全都拥来了。

不会以为我是被吓疯了吧？

管不了他们复杂的表情、惊诧！

野生动物的美，只有在激烈的争斗中，才能淋漓尽致地展现——生命最华丽的光彩。但常人很难看到。即使是我这样在山野中跋涉了几十年，有缘能欣赏到的，也只有可数的几次。

我仍在兴奋中：

"祝贺呀，老杨！在人工饲养条件下，猴王还能保持这样的野性，霸气十足，就是给你们最高的奖赏！"

他走上来一把紧紧地抱住我，拍着我的背，无语，但眼角挂着泪花……是想起野外一千多个日日夜夜的艰辛，还是窥视到黔金丝猴生活奥秘的喜悦……

"神极了，猴王突然回头，同时跃起，飞了起来。总有七八米，只落地一点，就到了刘老师身边。"小罗总算回过神来。

"我只看到一个影子飞去，刘老师就跳起来了。"老张很实在。

李老师忙着检查：

"左边耳根淌血了。腰弯下来，我看看。"

"没事。"

我摸了一下左耳根，一手的血，又摸了摸头，手掌上沾了好几根头发。

"喂，你这家伙！挠个血口子就算了，可我头上已经植被稀疏了，何必还要抓去一绺，这不是雪上加霜吗？"

李老师按下我的头：

"真的，头上开窗了。还好，头皮还没扯去。不是有栏杆吗？"

"说得对，这家伙双手就是那样准确地从空当中伸来，在高速向前飞行时头又还能不撞到栏杆上，对所有动作的掌握、拿捏……都控制得十分精确、适当。太难得了！"

"人工繁育的目的，还是要把它们放回野外，回到自己的家园。失去了野性，也就失去了野外生存的本领。这是人工繁育最难的课题。"老杨说。

我抓住了他的手，说：

"你们解决了，可喜可贺！"

"只能说是开始，后面的事还很多。但增添了我们保护这个种群的信心。"

耳根的血还未止住。李老师急得四处找红汞、碘酒。

我说，没事。只是可惜了一缕头发，那是受之于父母的原生态的黑发。

大家都说要消毒。猴子的指甲是它们的武器，又长又尖，但脏，发了炎可就麻烦了。

李老师去找饲养员。他说只有兽用的。

我说，拿来吧。

李老师刚将药水抹到伤口上，我感到火烧电灼，疼得连连跳起。

猴王一脸的无辜，只是享受着家庭生活的悠闲、快乐。

是的，我决心要到老杨的野外营地去。

去找慕容。

去听她讲故事。

去看她的考察笔记。

直到此时，我才似乎有些明白它为何专门袭击我：

摄像机镜头像是枪管、枪口，镜头的镜片闪光——

犹如子弹出膛喷火——

几千年来人类就是这样夺去它们的生命！

刘先平

Qian Jinsihou De Tezhongbing

刘先平赋予大自然具有人的思绪和情怀，他发现大自然所蕴涵的无穷诗意，他以创造的大自然的美，提高着我们的精神境界。

——金波　著名儿童文学作家

国际安徒生奖介绍
（Hans Christian Andersen Award）

什么是国际安徒生奖？

国际安徒生奖是由国际儿童读物联盟（IBBY）于 1956 年开始设立的国际性文学奖，每两年评选一次，授予在世的一名儿童文学作家（1956 年开始）和一名儿童插画家（1966 年开始），以此奖励并感谢他们以全部作品为儿童文学事业作出的持久的贡献。它是世界儿童图书创作者的最高荣誉，所以也有个外号叫做"小诺贝尔奖"。

这个奖项由丹麦女王玛格丽特二世任最高监护人，并以童话大师安徒生的名字命名。奖品包括一枚金质奖章和一份证书，在每两年一届的 IBBY 大会上颁发给获奖者。

"获安徒生奖提名"是什么意思？

在 IBBY 评选国际安徒生奖之前，首先需要由设于世界各地的 60 多个 IBBY 分会进行提名，推荐他们认为在儿童文学领域作出杰出贡献的作家和插画家。参与提名的委员都是儿童文学界的专家，因此获得提名本身已经是一种很高的荣誉。由中国分会（CBBY）提名的作家和插画家，当然获得"中国安徒生奖"。

安徒生奖的评审宗旨和标准是什么？

国际安徒生奖创设的宗旨，是推动儿童阅读，提升文学和美学的艺术境界，建立儿童正面的价值观，促进世界和平。所以安徒生奖的得主，不仅要求其在艺术上有独步当代的成就，他们的创作也必须能对世界儿童产生健康、积极的精神鼓舞。IBBY也期望借安徒生奖鼓励童书创作，让童书有更多新鲜血液加入，并进一步促进翻译优良童书，达到世界交流的目的。

安徒生奖的评选标准主要是在文学与美学的价值上，随着时代的不同，对文学与美学的判断也会有所差异。

具有国际观也是衡量的另一项标准，国际安徒生奖作家与插画家候选人毋庸置疑都是会员国的一时之选，在当地的儿童文学界具有崇高的地位，但这并不表示其成就在其他国家仍旧具有决定性的影响。

国际安徒生文学奖
获奖作家及代表作

(Hans Christian Andersen Award
for Writing 1956—2010)

1956 Eleanor Farjeon(UK)・［英］依列娜・法吉恩《玻璃孔雀》

1958 Astrid Lindgren(Sweden)・［瑞典］阿斯特丽德・林格伦《淘气包埃米尔》

1960 Erich Kästner (Germany)・［德］埃利希・凯斯特纳《埃米尔擒贼记》

1962 Meindert Dejong(USA)・［美］门得特・德琼《学校屋顶上的轮子》

1964 René Guillot(France)・［法］勒内・吉约《丛林虎啸》

1966 Tove Jansson(Finland)・［芬］托芙・扬松《魔法师的帽子》

1968 James Krüss(Germany)・［德］詹姆斯・克鲁斯《出卖笑的孩子》

José Maria Sanchez-Silva (Spain)・［西］约瑟・玛利亚・桑切斯－席尔瓦《耶稣，你饿了吗》

1970 Gianni Rodari(Italy)・［意］贾尼・罗大里《洋葱头历险记》

1972 Scott Oʹ Dell(USA)・［美］斯・奥台尔《蓝色的海豚岛》

1974 Maria Gripe(Sweden)・［瑞典］玛丽亚・格里珀《吹玻璃工的两个孩子》

1976 Cecil Bødker (Denmark)・［丹］塞茜尔・伯德克尔《西拉斯和黑马》

1978 Paula Fox(USA)・［美］葆拉・福克斯《跳舞的奴隶》

1980 Bohumil Riha(Czechoslovakia)・［捷克斯洛伐克］博胡米尔・里哈《新格列佛游记》

1982 Lygia Bojunga Nunes(Brazil)・［巴西］莉吉亚・布咏迦・努内斯《黄书包》

1984 Christine Nöstlinger (Austria)・［奥］克里斯蒂娜・涅斯特林格《小思想家在行动》

1986 Patricia Wrightson(Australia)・［澳］帕・赖特森《太空人遇险记》

1988 Annie M. G. Schmidt (Netherlands)・［荷］安妮・M.G. 斯密特《吉卜和扬耐克丛书》

1990 Tormod Haugen(Norway)・［挪］托摩脱・蒿根《总有一天会长大》

1992 Virginia Hamilton(USA)・［美］弗吉尼亚・汉弥尔顿《了不起的 M.C. 希金斯》

1994 Michio Mado(Japan)・［日］石田道雄《长满书的大树》

1996　Uri Orlev(Israel)・[以]尤里·奥莱夫《从另一边来的人》

1998　Katherine Paterson(USA)・[美]凯塞琳·帕特森《我和我的双胞胎妹妹》

2000　Ana Maria Machado(Brazil)・[巴西]玛丽亚·马萨多

2002　Aidan Chambers(UK)・[英]艾登·钱伯斯《在我坟上起舞》

2004　Martin Waddell(Ireland)・[爱尔兰]马丁·韦德尔《睡不着吗，小熊？》

2006　Margaret Mahy(New Zealand)・[新西兰]玛格丽特·梅喜《牧场上的狮子》

2008　Jürg Schubiger (Switerzland)・[瑞士]于尔克·舒比格 《当世界年纪还小的时候》

2010　David Almond (UK)・[英]大卫·阿尔蒙德《旷野迷踪》

国际安徒生奖提名中国作家

1990 年・孙幼军

1992 年・金　波

2002 年・秦文君

2004 年・曹文轩

2006 年・张之路

2010 年・刘先平

资料提供：红泥巴网站

图书在版编目（CIP）数据

胭脂太阳 / 刘先平著. —南宁：接力出版社，2012.2
（国际安徒生奖提名者丛书）
ISBN 978-7-5448-2337-1

Ⅰ.①胭…　Ⅱ.①刘…　Ⅲ.①儿童文学－散文集－中国－当代
Ⅳ.①1287.6

中国版本图书馆CIP数据核字(2011)第258940号

总策划：白　冰
责任编辑：孙燕楠　　美术编辑：小　璐　　封面设计：松鼠·纪
责任校对：吴耀华　　责任监印：刘　元　　媒介主理：石　璐
社长：黄　俭　　总编辑：白　冰
出版发行：接力出版社　　社址：广西南宁市园湖南路9号　　邮编：530022
电话：0771-5863339（发行部）　010-65546561（发行部）
传真：0771-5863291（发行部）　010-65545210（发行部）
http://www.jielibj.com　　http://www.jielibook.com
E - m a i l：jielipub@public.nn.gx.cn
经销：新华书店　　印制：大厂聚鑫印刷有限责任公司
开本：710毫米×1000毫米　1/16　　印张：11.25　　插页：10　　字数：160千字
版次：2012年2月第1版　　印次：2012年2月第1次印刷
印数：00 001—12 000册　　定价：26.00元